Stan van Elderen
Der 13. Zauberer

Stan van Elderen

Der 13. Zauberer

Aus dem Niederländischen
von Ita Maria Berger

Urachhaus

Der Autor

Stan van Elderen (*1963) debütierte mit der Geschichte vom ›13. Zauberer‹ als Kinderbuch-Autor. In den Niederlanden hat er bereits viele begeisterte Leser gefunden. Er studierte Niederländisch, Englisch und Deutsch und absolvierte in Kanada eine betriebswirtschaftliche Zusatzausbildung zum ›Master of Business-Administration‹ (MBA). Stan van Elderen lebt mit seiner Familie in Naarden.

Die niederländische Originalausgabe erschien 2002 unter dem Titel *De dertiende tovenaar* bei Prometheus Kinderboeken, Amsterdam.

Die Übersetzung wurde durch den Nederlands Literair Produktieen Vertalingenfonds, Amsterdam finanziell gefördert.

ISBN 3-8251-7451-4

In neuer Rechtschreibung
Erschienen 2004 im Verlag Urachhaus
© 2004 Verlag Freies Geistesleben & Urachhaus GmbH, Stuttgart
© 2002 Stan van Elderen
First published by Prometheus Kinderboeken / Van Goor, Amsterdam
Umschlagillustration: Anoushka van Velzen
Gesamtherstellung: Clausen & Bosse, Leck

Inhalt

Goldene Dukaten 7
Schloss Obsidian 15
Quovadis 18
Das Dreizehnte Königreich 22
Kratau 25
Unterricht 30
Die Vierte Fertigkeit 38
Die *Stadt des puren Platins* 46
Die Runde der Zwölf 48
Die Kraft der Runde 54
Der König 59
Der Löwe und die Krähe 65
Übung 68
Die Luftfahrer 71
Krähen 77
Heliopost 84
Der Anblick des Feindes 88
Die Dukaten 93
Die Abfahrt 99
Wo sind sie? 105
Das Land des Feindes 107
Gefunden 112
Entwischt 114
Gefangen 117

Kratau 121
Bartolomäus 127
Die Stimme 130
Obsidian 138

Goldene Dukaten

In der Herberge *Himmel und Erde* war an jenem Freitagabend kein einziger Tisch mehr frei. Es war gerade Essenszeit und alle Gäste waren hungrig und durstig.
In dem offenen Kamin flackerte ein Feuer. Die Flammen leckten an einem gerösteten Spanferkel, das sich auf einem Spieß langsam um seine Achse drehte. Das Bierfass war bereits angezapft, und in der Küche wurde ohne Unterlass ein würziges Gericht nach dem anderen zubereitet. Auf der kleinen Bühne spielten drei fröhliche Musikanten. Es war warm, eng und sehr gemütlich.
In einer Nische in der Nähe des Eingangs stellte der Wirt krachend drei Bierhumpen auf den Tisch sowie eine riesige Schüssel mit Sauerkraut und Wurst. Gekonnt stapelte er das schmutzige Geschirr auf seinen Arm und wischte sich mit einem feuchten Küchentuch über die Stirn.
»Wünschen Sie noch etwas, Herr Wachtmeister?«
»Ja, Eier, ein halbes Dutzend mit Speck«, antwortete der Polizist kurzatmig. »Und mehr Bier, ich habe heute Abend keinen Dienst.«
Der Wirt nickte und begab sich kopfschüttelnd zurück in die Küche.
Oliver von Offredo, der einzige Sohn des Barons, betrachtete den gewaltigen Wachtmeister mit großer Ehrfurcht. Der Polizist war ganz und gar mit seiner Mahlzeit beschäftigt.

Oliver grinste von einem Ohr zum anderen. »Der kommt uns vorläufig nicht in die Quere«, flüsterte er Bartolomäus Bariton, seinem besten Freund in der *Entdeckten Welt,* ins Ohr.
Bartolomäus grinste zurück. »Der wird immer fetter«, lachte er. »Wenn er so weitermacht, passt er bald nicht mehr durch die Tür!«
Oliver versetzte ihm einen Stoß in die Rippen. »Psst, nicht so laut! Er kann dich hören.«
»Ach was«, sagte Bartolomäus. »Der ist viel zu sehr beschäftigt.« Zwischen zwei Löffeln Sauerkraut sah der Wachtmeister mit stechendem Blick zu Bartolomäus hinüber.
»Komm schon, sonst werden wir hier noch rausgeworfen.« Oliver zog seinen Freund mit sich. »Du wolltest doch heute Abend etwas Gold verdienen. Komm mit!«
Am anderen Ende der Wirtsstube schaute Bartolomäus sich kurz um. Dann zeigte er auf einen kleinen Tisch am Fenster.
»Die beiden dort, Oliver.«
Oliver nickte. Bartolomäus konnte wie kein anderer die richtigen Kandidaten aussuchen. Meistens waren es Fremde, die nicht aus der *Stadt der mächtigen Mauern* kamen, so wie auch diese beiden. Er lief zu ihrem Tisch und verbeugte sich. Wie immer führte er das Wort, denn als zukünftiger Baron wurde er schließlich in der Redekunst ausgebildet.
»Verehrte Herren«, begann Oliver höflich, »möge Ihnen Ihre Mahlzeit gut munden. Wünschen Sie vielleicht ein wenig Unterhaltung, während Sie speisen?«
Die beiden Fremden betrachteten ihn interessiert. »Was würde uns das denn kosten?«, fragte der eine mit vollem Mund.
»Einen Taler pro Zaubertrick«, antwortete Oliver.
»Einen Taler?«, sagte der andere. »Ich gebe dir fünf Groschen, das ist mehr als genug. Und jetzt zeig uns mal, was du kannst!«

Oliver nickte. Er machte es ja nur so zum Spaß. Doch bevor er überhaupt loslegen konnte, sagte Bartolomäus:»Nein, nein, daraus wird nichts. Ein Zaubertrick kostet einen Taler. Kein Geld – keine Tricks.«
Der Fremde sah verärgert aus, doch sein Begleiter lachte auf.
»Der Zauberer hat aber einen strengen Gehilfen. Seid ihr vielleicht Brüder?«, fragte er Oliver.
»Nein, wir sind nicht verwandt, nur Freunde.« Es war nicht das erste Mal, dass jemand diese Frage stellte. Er und Bartolomäus sahen sich ziemlich ähnlich. Sie hatten beide braune Locken und grüne Augen.
»Hier, du Schelm«, sagte der Fremde zu Bartolomäus.»Für dieses eine Mal gibt's ausnahmsweise einen Taler. Fang!« Er warf die Münze in die Luft. Bartolomäus fing sie geschickt auf und nickte Oliver zu.
»Meine Herren«, sagte Oliver.»Vielleicht wussten Sie es noch gar nicht, aber Ihr Tisch hat lauter Löcher. Er ist mit einem löchrigen Käse vergleichbar.« Er klopfte gegen die Tischkante.
»Hier, überzeugen Sie sich selbst, Sie können es deutlich spüren.« Er scherzte:»Da war bestimmt ein Holzwurm am Werk!« Die beiden Männer spielten das Spiel mit. Sie klopften auf die massive Tischplatte.»Da ist kein einziges Loch zu sehen, mein Junge.«
»Sind Sie sich da ganz sicher?«, fragte Oliver mit unschuldigem Gesichtsausdruck. Er holte einen goldenen Dukaten aus seiner Tasche und stellte die schwere Münze mit der Kante auf den Tisch.
»Passen Sie auf.« Oliver versetzte die Münze in Schwung. Das sich drehende Gold blitzte im Kerzenlicht. Die zwei Fremden betrachteten die Münze konzentriert. Der Dukaten wurde immer langsamer, kreiselte laut rumpelnd auf dem Eichenholz.

Plötzlich sauste Olivers Hand krachend auf die Münze nieder. Bums! Er ließ seine Hand liegen und schaute die beiden Fremden an.
»Tja«, sagte er mit ernster Miene, »wie ich schon sagte: löchriger Käse!«
Vorsichtig hob er seine Hand. Der goldene Dukaten war verschwunden, und seine Hand war leer. Die zwei Fremden lachten erheitert. Oliver bückte sich und griff flink unter den Tisch. »Was haben wir denn da?« Wie von Zauberhand erschien die Münze wieder zwischen seinen Fingern. Sein Publikum klatschte.
»Bravo!«, rief der eine.
»Das war ein gut angelegter Taler«, grinste der andere mit einem Zwinkern zu Bartolomäus hinüber.
Mit einer Verbeugung entfernte sich Oliver wieder von den beiden Fremden.
»Was machen wir jetzt?«, fragte Bartolomäus.
»Einmal geht gerade noch«, sagte Oliver. »Mein Vater bekommt heute Abend Besuch und ich muss beim Essen auch dabei sein.« Er imitierte die äußerst würdevolle Stimme seines Vaters: »Oliver, mein Sohn, du kannst die Kunst des Dinierens nie früh genug erlernen.«
Er lachte. »Willst du mitkommen?«
»Gern«, sagte Bartolomäus, »aber nur, wenn ich keinen Rosenkohl oder glibberige Leber essen muss!«
»In Ordnung«, grinste Oliver, »wir fragen mal den Koch, ob er uns nicht etwas anderes bringen kann. Der mag nämlich auch keine Leber.«
Auf einmal spürte Oliver, dass er beobachtet wurde. Er drehte sich um. Bartolomäus folgte seinem Blick, er hatte es anscheinend auch gespürt.
»Der Händler dort, der so zu uns herüberschaut«, flüsterte er.

Oliver nickte und bewegte sich auf den Tisch zu. Der Fremde trug einen staubigen, dunkelroten Mantel und hatte einen Teller mit Wachteleiern vor sich stehen.

»Guten Abend«, begann Oliver höflich.

Zwei eiskalte Augen starrten ihn an. Der Händler zog die linke Augenbraue hoch. »Was willst du?«

Oliver ließ sich durch seine unfreundliche Haltung nicht verunsichern. »Wünschen Sie vielleicht ein wenig Unterhaltung während des Essens?«

Der Händler bedachte ihn mit einem grimmigen Blick. »Wer bist du überhaupt?«

»Ich bin nur ein einfacher Zauberkünstler, edler Herr«, antwortete Oliver. Wahrscheinlich war er der einzige Adelige in dieser Herberge, doch das brauchte der Händler ja nicht zu wissen.

»Ein Zauberkünstler also«, war die bedächtige Antwort. »Und welche Tricks hast du so auf Lager?«

»Die Hand ist schneller als das Auge«, antwortete Oliver, »zumindest ist meine Hand schneller als Ihr Auge, sehr viel schneller.«

Aus dem Augenwinkel zwinkerte er zu Bartolomäus hinüber, der die Geschichte in- und auswendig kannte. Bartolomäus zwinkerte zurück. Sie hatten es wieder mal geschafft.

Der Händler schob seinen Stuhl zurück. Er rülpste laut und sagte: »Wir werden schon noch sehen, wer hier der Schnellste ist. Worum spielen wir?«

Oliver schaute bedeutungsvoll zu Bartolomäus hinüber. Was sein Freund konnte, das konnte er allemal. »Was sagen Sie zu einem goldenen Dukaten?«

»Ein goldener Dukaten«, erklang es verächtlich. »Wenn ich gewinne, zahlst du mir einen goldenen Dukaten? Als ob du überhaupt so viel Geld bei dir hättest, du Bengel!«

Gelassen zeigte Oliver ihm seine leere linke Handfläche. »Wenn Sie erlauben?« Langsam fuhr er mit den Fingern am Ohr des Händlers entlang. Zur großen Verwunderung der übrigen Gäste erschien wie aus dem Nichts ein im Kerzenlicht glänzender goldener Dukaten.
»Die Hand ist schneller als das Auge.«
Der Händler ergriff die Münze und betrachtete sie von allen Seiten. Er biss sogar darauf.
»Gold«, sagte er vor sich hin. Er schnaubte verächtlich und gab Oliver die Münze zurück.
»Also, schieß los, was willst du vorführen?«
Oliver nickte seinem Opfer freundlich zu: »Sie halten Ihren eigenen goldenen Dukaten fest in Ihrer rechten Hand, und ich werde ihn dort herausholen. Aber natürlich ohne dass Sie es bemerken werden.«
»Ohne dass Sie es bemerken werden!« Das spöttische Gelächter des Fremden klang nun bedrohlicher. »Aber du wirst auch bezahlen, wenn es nicht klappt, ist das klar?«
Oliver nickte gelassen.
Ein paar Gäste an einem benachbarten Tisch hatten sich umgedreht, um besser sehen zu können. Sie begannen nun den Händler anzufeuern.
»Versuchen Sie es, das schafft er doch nie«, sagte eine alte Dame fröhlich.
»Das ist doch leicht verdientes Gold!«, rief ein vornehmer Herr.
»Trauen Sie sich etwa nicht?«
Der Händler warf dem letzten Sprecher einen verärgerten Blick zu. Bartolomäus schaute herausfordernd zurück.
»Also gut«, sagte der Händler herablassend, zur großen Freude der Umstehenden.
Er holte umständlich einen goldenen Dukaten aus seiner Geld-

börse. Er zeigte jedem die Münze und drückte sie fest in seine Handfläche. Dann schloss er seine Hand zur Faust. »Zeig, was du kannst.«
Oliver rieb geheimnisvoll mit seinen Händen über die geschlossene Faust. Um ihn herum schauten alle gebannt zu. Er rief: »Abrakadabra« und tat so, als ob er schnell etwas aus der Luft auffing.
»Geschafft«, flüsterte er. Aber jeder hatte es verstanden.
»Zeig her!«, rief die alte Dame.
Langsam, als hätten sie es geübt, öffneten Oliver und der Händler gleichzeitig ihre Faust. Ein Schrei der Verwunderung ertönte. Die Hand des Fremden war leer, in der von Oliver lag eine Münze.
»Was geht hier vor?«, keuchte mit einem Mal eine Stimme. Die Zuschauer wichen zur Seite, um den Wachtmeister durchzulassen.
»Wird hier etwa getrickst?«, fragte er streng. »Tricksen ist verboten in der *Stadt der mächtigen Mauern*, Befehl des Bürgermeisters.«
Er legte seine träge Hand auf Olivers Schulter und schaute den Händler strafend an.
Oliver gab Bartolomäus ein Zeichen. Sie sollten schleunigst verschwinden.
»Nein, ganz und gar nicht, Herr Wachtmeister«, erklärte der Händler mit einer solchen Autorität in seiner Stimme, dass ihm keiner widersprach.
»Das war nur ein einfaches Zauberkunststück von mir. Ich werde Ihnen noch eines vorführen.« Der Händler machte eine nicht nachvollziehbare Bewegung mit seiner Serviette, und mit einem Mal stand ein neuer Krug voll schäumenden Biers auf dem Tisch. Die Anwesenden klatschten voller Bewunderung.

Oliver hatte mit Erstaunen die Zauberei verfolgt. Wie hatte er das denn geschafft? Der Händler betrachtete ihn mit spöttischem Blick.
»Oliver, jetzt!«, zischte Bartolomäus mit Nachdruck.
Bevor der Wachtmeister etwas dagegen unternehmen konnte, entwand sich Oliver seinem Griff. Er verschwand in der Menge Richtung Ausgang, dicht gefolgt von Bartolomäus.
»Verflixte Lümmel!«, rief der Wachtmeister hinterher.
Der Händler sagte nichts und schaute den beiden Jungen mit einem zufriedenen Nicken nach.

Schloss Obsidian

Der Regen trommelte gegen die hohen, erleuchteten Fenster von Schloss Obsidian, dem stattlichen Sitz der Familie von Offredo. Durch das große Fenster im ersten Stock schaute Olivers Vater, der Baron, missmutig hinaus. Er starrte über den Rand seiner goldenen Brille, als könne er mit seinem strengen Blick die Wolken verschwinden lassen.

Der große Speisesaal war an diesem Abend strahlend hell erleuchtet, mit über der festlichen Tafel schwebenden Kronleuchtern in der Mitte und Feuerfliegen in den dunklen Ecken. Eigens für diesen Anlass hatte man kistenweise Prunk und Pracht herbeigeschafft.

Zahlreiche Diener rannten hin und her. Castor und Pollux, Olivers schneeweiße Windhunde, rannten fröhlich kläffend neben ihnen her. Die Tafel war über die gesamte Länge mit Damast, Silber und Kristall gedeckt.

Die Küchentür schwang auf. Der Koch trug schwitzend die dampfenden Gerichte herein: riesige Lammkeulen mit Apfelmus, bergeweise frittierten Rosenkohl und Platten mit gebackener Leber, eben all die Dinge, die dem Baron besonders schmeckten. Die ersten Gäste sollten bereits in einer Viertelstunde erscheinen.

Der Baron tat so, als würde er von diesem geschäftigen Treiben nichts bemerken, und presste seinen Bauch an die Fensterscheibe, die Daumen tief in den Taschen seiner rotsamtenen Weste

vergraben. Er war eine ›sehr wichtige Persönlichkeit‹, was bedeutete, dass er selten schwitzte. Dafür hatte er seine Leute. Mit einer eleganten Bewegung holte er seine goldene Taschenuhr hervor und ließ den Deckel aufspringen. Schon fast sechs Uhr. Nicht mehr lange, und er würde mit seiner Lieblingsmahlzeit beginnen können.
Der Baron lächelte seinem Spiegelbild zu, das lächelnd zurückschaute. Sie waren sich einig. Es war alles so, wie es sein sollte auf Schloss Obsidian. Das Leben eines Adeligen war herrlich.

Draußen, am Rande der ausgedehnten Gärten, die noch durch den Großvater von Offredo angelegt worden waren, stand unter einer uralten Brennnessel eine merkwürdige Erscheinung. Ohne von jemandem bemerkt zu werden, starrte er zum Schloss hinauf. Es war ein alter Mann in einem weiten, tiefblauen Mantel und mit einem spitzen, breit geränderten Hut. Sein Gesicht war durch die Schatten nahezu unsichtbar, aber man konnte erkennen, dass seine freundlichen Augen in der Dunkelheit glänzten.
Wenn man noch genauer hinschaute, konnte man sehen, dass dort etwas sehr Merkwürdiges geschah. Obwohl es in Strömen regnete, waren die weiten Gewänder des Fremden knochentrocken. Es schien, als ob der Regen in seiner Nähe abbog und erst ein Stück von ihm entfernt zu Boden fiel.
Der alte Mann lehnte geduldig auf seinem Stab. Es würde nicht mehr lange dauern, bis der Baron von Offredo bemerkte, dass kein einziger seiner bedeutenden Gäste heute Abend erscheinen würde.
Lächelnd betrachtete der Fremde die Silhouette des adeligen Gastgebers. Von hier unten sah es fast so aus, als ob der Baron jeden Moment durch das Fenster stürzen würde. Der alte Mann

grinste. Vor etwa hundertfünfzig Jahren wäre dies ein unwiderstehlicher Moment gewesen. Es wäre nur ein geringer Aufwand, das Fensterglas verschwinden zu lassen, nur für ein paar Sekunden, so dass der Baron in hohem Bogen kopfüber in den Schlossgraben stürzen würde. Plumps! Das wäre ein wahrhaft dämonisches Chaos!

Der alte Mann schüttelte den Kopf. In seinem Alter waren solche Scherze unangebracht. Bedauernd zuckte er mit den Schultern und richtete sich auf. Es wurde langsam Zeit, dem Baron seine unangekündigte Aufwartung zu machen.

Quovadis

In Olivers Schlafzimmer war es still, lange Schatten zogen sich durch den Raum. Hohe Spielzeugberge umringten das blaue Himmelbett, das in der Mitte des Turmzimmers stand. Plötzlich schwang in einer Nische neben dem Fenster, leise quietschend in den rostigen Angeln, eine glänzende Ritterrüstung auf.
»Komm schnell«, rief Oliver, während er durch den geheimen Eingang in sein Zimmer schlüpfte. Er drehte sich um und sah hinunter. »Komm schon, Bartolomäus, beeil dich! Wir kommen schon viel zu spät zum Diner.«
»Ja, ja, ich komm doch schon«, ertönte es aus der Tiefe. »Ich habe lauter Spinnweben im Haar. Das nächste Mal gehen wir aber durch die Tür.« Bartolomäus war noch immer sehr beeindruckt von den Ereignissen in der Herberge *Himmel und Erde*.
»Hast du das gesehen, dieser Händler konnte genauso gut zaubern wie du. Der war ja miesepetrig! Dass du nicht unfreundlich geworden bist ...«
Oliver holte zwei saubere Abendgewänder aus einem Schrank.
»Es bringt nichts, sich darüber aufzuregen.« Er warf eines zu Bartolomäus hinüber. »Hier, fang!«
»Was glaubst du, wo er dieses Glas Bier hergezaubert hat?«, fragte Bartolomäus, während er sich das Gewand überzog.
Oliver zuckte mit den Schultern. »Keine Ahnung. Ich weiß auch nicht so genau, wie meine eigenen Tricks funktionieren. Es passiert einfach. Meine Hand ist vermutlich wirklich schneller als

das Auge. Wenn ich es nicht besser wüsste, würde ich behaupten, dass es Magie war.«
»Ja, ja, und ich kann fliegen.«
»Ich verstehe allerdings nicht, wieso er mich hat gewinnen lassen.«
Oliver klimperte mit den beiden Goldmünzen in seiner Hosentasche.
»Wieso gewinnen lassen?«, hakte Bartolomäus nach.
»Nun ja, wenn er wirklich so gut ist, dann hätte er doch bewirken können, dass mein Zaubertrick misslingt.«
Bartolomäus zuckte mit den Schultern. »Vielleicht wäre alles ganz anders gekommen, wenn nicht der dicke Wachtmeister dazwischengefunkt hätte.« Er lachte. »Aber es ist doch ein gutes Einkommen für eine halbe Stunde Arbeit, oder? Ein Taler und ein Dukaten!«
»Ja, ehe wir's uns versehen, sind wir reich!«, lachte Oliver. »Jetzt komm, es gibt was zu essen. Wir sind schon spät dran und ich muss mir noch eine gute Ausrede einfallen lassen.«

Etwas später öffnete Oliver leise die Tür zum großen Speisesaal.
»Wo sind sie denn alle?«, fragte er verwundert, während sie eintraten.
»Das würde ich auch gerne wissen«, sagte der Baron. »Alle Gäste haben sich verspätet.« Er betrachtete Oliver über den goldenen Rand seiner Brille hinweg. »Das gilt auch für dich, junger Mann.«
Bevor Oliver etwas erwidern konnte, erklang ein höfliches Räuspern.
»Herr Baron?«
Der Baron drehte sich ungeduldig um. Sein Butler schaute ihn nervös an.

»Was ist los? Sagen Sie doch etwas!«
»Es ist jemand an der Tür.«
»Na endlich«, sagte der Baron sichtlich erleichtert. »Wer ist es? Lassen Sie ihn herein. Ich habe mittlerweile mächtig Appetit.«
»Es ist jemand ohne Einladung«, sagte der Butler zaghaft.
»Wie bitte?!« Der Baron wurde knallrot, fast so rot wie seine samtene Weste. »Ohne Einladung? Schicken Sie ihn fort! Und finden Sie heraus, wo meine Gäste bleiben. Der Rosenkohl wird kalt.«
»Ich seh schon, Sie sind ein echter Feinschmecker«, erklang eine wohltönende Stimme von der Tür her.
Oliver zog die Augenbrauen hoch. Ein alter Herr in einem blauen Gewand schritt in den Speisesaal, als ob er hier zu Hause wäre. Er hatte ein runzliges Gesicht und fröhliche braune Augen. Auf dem Kopf trug er einen spitzen Hut und in der Hand hielt er einen hölzernen Stab.
Der Fremde machte eine weit ausholende Geste. Alle schauten gebannt zu. Sogar der Koch streckte den Kopf zur Küchentür heraus.
»Seid alle gegrüßt. Es ist ein wunderbarer Freitagabend, obwohl es regnet, und der Baron hat in seiner unendlichen Weisheit beschlossen, euch für den Rest des Tages zu beurlauben.«
Sofort erhob sich Jubel und Beifall im Saal. Der Baron war mit Stummheit geschlagen, und bevor er etwas sagen konnte, war der Saal leer. Nur Castor und Pollux schauten brav von ihrem Platz neben dem Kamin zu ihnen herüber.
Der Baron lief erneut rot an. »Was geschieht hier eigentlich? Ich verlange auf der Stelle eine Erklärung!«, rief er mit bebender Stimme. Er deutete erzürnt auf den ungebetenen Gast. »Sie, Sie sind nicht einmal eingeladen!«
Der Fremde nahm sich einen Teller und suchte sich bedächtig ein Stück zartes Lammfleisch aus.

»Mein Name, verehrter Baron, ist Quovadis.« Er schaute den Baron unter buschigen Augenbrauen hervor fragend an. »Vielleicht haben Sie schon einmal von mir gehört?«
Er nickte Oliver und Bartolomäus freundlich zu. »Wünsche den Herren einen wunderschönen Guten Abend.«
Oliver fiel die Kinnlade vor Erstaunen herab. Quovadis! Wer kannte ihn nicht. Sein Name war berühmt und berüchtigt im gesamten Ersten Königreich. Quovadis, der alte Zauberer, Ratgeber und beste Freund des Königs. Er war hier! In seinem Haus!
Er sah, wie der Zorn seines Vaters verflog. »Quovadis, ich bitte vielmals um Verzeihung, mein bester Herr, entschuldigen Sie. Herzlich willkommen auf Schloss Obsidian. Wie außergewöhnlich! Was kann ich für Sie tun? Ich hoffe, die Gesundheit des Königs ist bestens?«
Der Zauberer reagierte nicht sofort auf seine höflichen Fragen und nahm am Kopfende der langen Festtafel Platz, wo normalerweise der Baron zu sitzen pflegte. Quovadis zeigte auf die leeren Stühle. »Setzen Sie sich, mein bester Baron, Jungs, ihr auch. Dem König geht es hervorragend, doch seine Gesundheit ist nicht der Grund meines Besuches auf Schloss Obsidian.«
»Was ist dann der Grund?«, fragte Bartolomäus.
Quovadis schaute sich sorgfältig um. Oliver folgte seinem aufmerksamen Blick. Es war außer ihnen niemand zu sehen, und die Türen des großen Speisesaals waren geschlossen.
Quovadis zog seinen Stuhl etwas näher an den Tisch. Er winkte, und Bartolomäus, Oliver und der Baron rückten auch ein bisschen näher.
Dann flüsterte der Zauberer: »Ich bin wegen Oliver hier.«

Das Dreizehnte Königreich

Der Baron faltete den Brief des Königs wieder zusammen und legte ihn auf den Tisch. Oliver bemerkte, dass sein Vater sichtlich erschrocken war. Besorgt schaute er in Olivers Richtung.
»Er ist also wieder auf freiem Fuß?«, sagte der Baron zu Quovadis. Der Zauberer nickte.
Der Baron schüttelte den Kopf. »Das ist ja furchtbar, eine Katastrophe. Wer hätte das jemals gedacht? Und Sie sind sicher …?«
»Ganz sicher.«
»Wer ist auf freiem Fuß? Was steht denn in dem Brief? Was hat das mit Oliver zu tun?« Bartolomäus konnte seine Neugier nicht länger zurückhalten.
»Hört gut zu«, sagte der Baron leise. Er schaute Oliver eindringlich an, dann Bartolomäus. »Auf persönlichen Wunsch Seiner Majestät werdet ihr euch auf Reisen begeben, zusammen mit seinem Ratgeber Quovadis. Heute Abend noch.«
Oliver traute seinen Ohren nicht. Aber sein Vater blickte ihn sehr ernst an.
»Das ist ja fabelhaft«, stammelte er und meinte es auch so. Eine Reise. Und dann auch noch zusammen mit einem berühmten Zauberer. Er sah mit großen Augen zu seinem Freund hinüber.
»Wohin gehen wir?!«, fragte er voller Neugierde.
Quovadis holte aus seinem Mantel eine Landkarte hervor und rollte sie auf dem Tisch aus. »Kennt ihr euch in Erdkunde ein bisschen aus?«

Die beiden Jungen beugten sich über die farbenprächtige und reich geschmückte Karte. Oliver sah, dass die Details einfach unglaublich waren. Man konnte Häuser erkennen, die so naturgetreu abgebildet waren, dass sie fast real zu sein schienen.
»Aber sicher doch«, sagte Oliver. Die Karte zeigte die gesamte *Entdeckte Welt*. Die Grenzen waren deutlich erkennbar. Im hohen Norden ging das Land in ewiges Eis über. Im Westen und im Süden endete die *Entdeckte Welt* im hellen Blau des *Endlosen Ozeans*. Und in östlicher Richtung erstreckten sich die satten Farben bis zu einer langen Gebirgskette. Hinter den Bergen begann eine graue Fläche. Im Vergleich zu den anderen Teilen der Karte waren dort nur wenige Dinge eingezeichnet.
Oliver gab in schnellem Tempo einige Orte an. »Hier wohnen wir, Schloss Obsidian, das hier ist die *Stadt der mächtigen Mauern*. Und hier liegt die *Stadt des puren Platins*, die Hauptstadt.«
Quovadis nickte. »Sehr gut, und weiter?«
»Das hier sind die Grenzen unseres Königreiches, und dies sind die *Berge der eisigen Ewigkeit*, hier ganz im Osten.«
Quovadis nickte anerkennend. »Und hier?« Seine Hand machte eine kreisende Bewegung über dem grauen Teil der Karte.
»Die andere Seite der *Berge der eisigen Ewigkeit*«, antwortete Bartolomäus mit ehrfurchtsvoller Stimme. »Dort befinden sich die Überreste des Dreizehnten Königreiches. Und wenn man dort weiterreist, kommt man zur *Unentdeckten Welt*.«
Er schaute den Zauberer besorgt an. »Ich möchte gerne mit Ihnen reisen, Quovadis«, sagte er zögernd, »doch ich hoffe, dass wir nicht in diese Richtung ziehen müssen. Jeder weiß, dass man besser nicht dorthin gehen sollte.«
»Da möchte ich auch nicht unbedingt hin«, murmelte Oliver, »sich im Dreizehnten Königreich aufzuhalten ist lebensgefährlich, und die *Unentdeckte Welt* ist noch gefährlicher.«

Bilder aus geflüsterten Geschichten und schon fast vergessenen Alpträumen stiegen in ihm auf, Bilder von unheimlichen Wäldern mit reißenden wilden Tieren. Die andere Seite der *Berge der eisigen Ewigkeit,* das war die ungebändigte Wildnis schlechthin. Wenn dort Menschen wohnen sollten, und das konnte sich Oliver einfach nicht vorstellen, dann waren sie ganz bestimmt sehr gefährlich.

»Die gute Nachricht ist«, sagte Quovadis, »dass wir nicht in die *Unentdeckte Welt* reisen.«

»Schön«, sagte Bartolomäus.

»Und die schlechte Nachricht?«, fragte Oliver.

»Wir reisen ins Dreizehnte Königreich.«

Kratau

»Ich glaube, es ist besser, wenn ich euch einfach erzähle, was los ist.« Quovadis ging zu dem offenen Kamin. Das Licht des Feuers warf seine züngelnden Schatten an die Wände und die hohe Decke des großen Speisesaals. »Wie viele Königreiche gibt es in der *Entdeckten Welt*?«, begann er. Bartolomäus hob die Hand.
»Ja, Bartolomäus?«
»Jetzt sind es zwölf. Denn das dreizehnte zählt nicht mehr. Weil es vor sehr langer Zeit verwüstet wurde. Dort wohnt keiner mehr.«
Quovadis nickte. »Sehr gut. Es sind also zwölf Königreiche. Und jedes Königreich hat einen König und einen ersten Ratgeber. Und jeder Ratgeber ist ein Zauberer.«
»Die Runde der Zwölf«, sagte der Baron.
»Ganz richtig, mein lieber Baron. Die Runde der Zwölf. Zwölf Zauberer, die ihre Könige beraten wegen des Wohlergehens und Glücks ihres Reiches. Und das schon seit dreihundert Jahren.«
»Was hat das mit unserer Reise zu tun?«, fragte Bartolomäus ungeduldig.
»Alles, junger Herr, einfach alles.«
Oliver sah, dass sein Vater zustimmend nickte. Anscheinend hatte er das, was Quovadis erzählte, bereits in dem Brief des Königs gelesen.
»Vor drei Jahrhunderten«, fuhr Quovadis langsam fort, »hat es auch schon eine Runde der Zauberer gegeben. Das war die

Runde der Dreizehn. Dreizehn Zauberer, dreizehn Könige und also auch dreizehn Königreiche. Es sah damals natürlich auf der anderen Seite der *Berge der eisigen Ewigkeit* noch sehr viel schöner aus. Schaut mal.« Quovadis machte eine nicht nachvollziehbare Bewegung zum Tisch hin. Bevor sie wussten, wie ihnen geschah, schwebte die Landkarte durch die Luft und blieb über dem Kaminfeuer hängen.

»Wow!«, rief Bartolomäus sowohl begeistert als auch erschrocken.

Oliver sprang auf. Sein Herz klopfte wie wild bis in seinen Hals hinauf. Das hier war etwas ganz anderes als einfache Zaubertricks mit Dukaten. Das konnte doch gar nicht sein! Aber er sah es mit seinen eigenen Augen: Die Karte konnte fliegen, sie schwebte. Oliver versuchte irgendwelche Fäden zu entdecken, aber er sah nichts dergleichen. Ein breites Grinsen erschien auf seinem Gesicht. Fliegende Landkarten, Magie, eine Reise in Gesellschaft eines Zauberers. Etwas Besseres konnte ihm doch gar nicht passieren, oder?

»Schau nur!« Oliver zeigte auf die graue Fläche östlich der *Berge der eisigen Ewigkeit*. Das Grau schmolz durch die Wärme der Flammen langsam dahin und gab den Blick frei auf Farben, auf Städte, Flüsse und Wege. Es war zauberhaft!

»Betrachtet das Dreizehnte Königreich«, sprach der Baron mit tiefer Trauer in der Stimme, »die Perle der *Entdeckten Welt.*«

Oliver schaute auf. Sein Vater war sonst nie betrübt. Doch bevor er etwas sagen konnte, fragte Quovadis: »Wer hat das Dreizehnte Königreich verwüstet?«

»Kratau«, sagte Oliver. Bartolomäus nickte.

»Ganz richtig. Ihr kennt euch aus in Geschichte. Der Zauberer Kratau, Ratgeber des Dreizehnten Königreiches.«

»Kratau, der Verräter«, fügte der Baron hinzu.

Oliver schaute wieder zu seinem Vater hinüber. Er hatte Hass in seiner Stimme wahrgenommen, als er den Namen des Zauberers nannte.

»Kratau«, erzählte Quovadis weiter, »ist der einzige Zauberer, der seine magischen Kräfte missbraucht hat. Und zwar, um verbotene Experimente durchzuführen.«

»Experimente? Was denn für welche?«, wollte Bartolomäus wissen.

»Kratau hat das Schlimmste getan, was man sich nur vorstellen kann: Er hat eine neue Menschenrasse geschaffen.« Quovadis' Augen sprühten gleichsam Feuer. »Er griff in die menschliche Natur ein, ohne sich über die Folgen Gedanken zu machen.« Der Zauberer streckte seinen Finger in die Luft. »Und die Folgen waren schrecklich. Ihr habt sicher davon gehört. Von den Gruselgeschichten über die Wesen auf der anderen Seite der *Berge der eisigen Ewigkeit*, größtenteils Mensch und zu einem kleinen Anteil Tier.«

»Die Plorks«, flüsterte Bartolomäus.

Oliver schüttelte den Kopf. Das waren doch Märchen, oder etwa nicht? Aber Quovadis sagte: »Genau, Bartolomäus, die Plorks. Sie wurden von Kratau erschaffen. Die Gruselgeschichten, die du kennst, beruhen leider auf der Wahrheit. Diese Monster gab es damals wirklich, und es gibt sie heute immer noch.« Quovadis schüttelte den Kopf. »Dumme Kraftprotze sind das, dumm und sehr gefährlich.«

»Wie sehen sie denn wirklich aus?«, wollte Bartolomäus wissen.

»Sie haben keine Klauen oder Fangzähne, wenn du das meinst, Bartolomäus. Sie sehen aus wie normale Menschen, sind nur viel gefährlicher. Kratau hat unsichtbare Veränderungen vorgenommen. Sie können besser riechen und sehen im Dunkeln besser. Sie haben auch keine Skrupel, andere Wesen oder eigene

Artgenossen zu töten. Und er hat sie dumm gemacht, sehr dumm, damit er sie einfacher kontrollieren kann. Und manipulieren.«

»Das hört sich doch gar nicht so gefährlich an«, sagte Bartolomäus. Oliver konnte fast sehen, was sein Freund gerade dachte. Die Plorks waren Monster, das wusste doch jeder. Wieso hatten sie dann keine Klauen und Fangzähne?

Quovadis schaute ihn ernst an. »Ich hoffe, dass du ihnen nie begegnest, Bartolomäus«, sagte er bloß.

»Als die Runde der Zauberer ihm auf die Schliche kam«, fuhr Quovadis fort, »wurde Kratau verbannt.« Er schüttelte den Kopf. »Im Nachhinein lässt sich sagen, dass diese Verbannung eine falsche Entscheidung war, eine fatale Entscheidung sogar. Es war die schlechteste Entscheidung, die die Runde jemals getroffen hat.«

»Wieso?«, fragte Oliver.

»Kratau führte seine schrecklichen Experimente heimlich fort.« Quovadis seufzte. »Das Ergebnis war eine ganze Armee von Plorks. Und mit dieser Armee hat er dann das Dreizehnte Königreich angegriffen.«

Oliver sah, dass sich der Osten der Landkarte langsam dunkelrot verfärbte. Ganze Dörfer und Städte verschwanden, bis von dem Land nur noch eine leere Fläche übrig blieb.

»Ein herrliches Land«, sagte der Baron. »Zerstört!«

»Und das alles nur, weil er wütend war über die Entscheidung der Runde?«, fragte Bartolomäus.

Der Baron schüttelte den Kopf. »Nein, Bartolomäus, auch wenn viele Menschen das glauben. Nein, Kratau wollte selber König werden. Sein Ziel war die Krone, die Macht über das Dreizehnte Königreich. Deshalb erschuf er die Plorks. Er brauchte sie, um an die Macht zu kommen.«

Der Baron sah Oliver an. »Er hat jeden verraten, die königliche Familie, das Vertrauen der Runde, die Menschen des Landes, jeden.«
»Was ist mit all den Menschen geschehen?«
»Sie wurden ermordet oder verjagt«, antwortete Quovadis mit kalter Stimme.
»Und der König? Was ist mit ihm geschehen?«
»Der ist mit seiner Familie geflohen«, sagte der Baron.
»Und Kratau?«, fragte Bartolomäus.
»Seine Armee wurde geschlagen«, antwortete Quovadis. »Durch die Macht der Runde der Zwölf und alle Heerscharen der *Entdeckten Welt*. Kratau wurde für immer in den Katakomben unter dem Tafelberg eingesperrt.« Er zeigte auf die Karte.
Oliver sah einen Berg inmitten des Dreizehnten Königreiches, dessen Spitze eine große Fläche bildete. Auf dem Plateau waren die Ruinen einer alten Stadt erkennbar.
»Das sind die Überreste der *Stadt des seidigen Silbers,* der Hauptstadt des Dreizehnten Königreiches. Dort war Kratau eingesperrt, in den tiefsten Gewölben unter der Stadt.«
»War?«, riefen Oliver und Bartolomäus gleichzeitig.
Der Zauberer nickte ernst. »Kratau befindet sich auf freiem Fuß, nach dreihundert Jahren Gefängnis ist es ihm gelungen, sich zu befreien.«
»Und deshalb machen wir uns auf die Reise?« Oliver verstand überhaupt nichts mehr und schaute seinen Vater fragend an.
»Aber was können wir denn, das Könige und Zauberer nicht können?«, fragte Bartolomäus.
Oliver nickte. Das würde er allerdings auch gerne wissen.
Quovadis' Stimme klang fest entschlossen, ohne jegliche Spur von Zweifel. »Die gesamte Runde der Zwölf ist davon überzeugt, dass ihr die Einzigen seid, die Kratau vernichten können.«

Unterricht

»Es ist Zeit zu gehen.« Quovadis knöpfte die letzte Satteltasche zu. Oliver nickte. Er umarmte seinen Vater.
»Ich hoffe, dass alles klappt«, sagte er leise. »Aber ich habe keine Ahnung, wie wir das hinkriegen sollen.«
Der Baron lächelte. »Quovadis ist ja dabei, um dir zu helfen, Oliver. Du kannst ihm vertrauen. Und vergiss deine Herkunft nicht.«
»Meine Herkunft? Wie meinst du das?«
Quovadis räusperte sich.
Der Baron nickte. »Ihr müsst gehen«, sagte er zu Oliver. »Es wird dir auf der Reise von selber alles klar werden.« Er drückte Oliver einen kleinen Reisekompass in die Hand. »Schau, dass du gesund und munter zurückkommst, mein Junge. Und höre auf den Rat von Quovadis.«
Nachdem der Baron versprochen hatte, die Eltern von Bartolomäus zu informieren, waren sie bereit zu gehen. Quovadis schob die schweren Stalltüren aus Holz auf und führte die Pferde nach draußen.
Ein helles Sternenband war am nachtschwarzen Himmel erkennbar. Oliver spürte, wie ein kühler Wind über seine Wangen strich.
»Sehr schön«, sagte er wie ein erprobter Abenteurer. »Heute Nacht wird es nicht mehr regnen.«
Er stieg auf sein Pferd. Quovadis und Bartolomäus taten es ihm

gleich. Der Zauberer saß auf dem großen Pferd in der Mitte, Oliver links und Bartolomäus rechts von ihm. Quovadis schaute die beiden Jungen an. »Los geht's.«
In einem leichten Trab ritten sie die lange Auffahrt von Schloss Obsidian hinunter. Oliver drehte sich noch einmal um und sah seinen Vater in der Tür der Stallungen immer kleiner werden.
»Wohin gehen wir zuerst?«, fragte Bartolomäus den Zauberer, als sie die Grenze des Landgutes erreichten. Er saß etwas unbequem im Sattel.
»Zur Hauptstadt, Bartolomäus.«
»In die *Stadt des puren Platins?* Toll, dort war ich noch nie!«
»Ich auch nicht«, sagte Oliver. »Aber es wurde mir schon vieles über die Hauptstadt berichtet. Stimmt das alles?«
Quovadis lächelte. »Alles, Oliver. Die Stadt wird euch gefallen. Aber vorerst haben wir noch fünf lange Nächte vor uns, zumindest wenn uns keine merkwürdigen Dinge passieren.«
»Merkwürdige Dinge?«
Quovadis nickte und lenkte sein Pferd auf einen schmalen Waldpfad. »Es kursieren unbestätigte Berichte, eher Gerüchte.«
»Was für Gerüchte?«, wollte Oliver wissen.
»Über Kratau. Es wird erzählt, dass er die *Berge der eisigen Ewigkeit* überquert hat. Er kann schon jetzt in der Nähe sein. Deshalb reisen wir auch nachts.«
Oliver schaute sich beunruhigt um, die dunklen Schatten des Waldes musternd, als würde Kratau sich dort verstecken. Die Pferde spürten ihre plötzliche Furcht und wieherten leise.
Quovadis strich seinem Pferd beruhigend über den Hals. »Machen wir es nicht schlimmer, als es ist. Es sind nur Gerüchte. Wahrscheinlich ist unsere Reise in die *Stadt des puren Platins* der einfachste Teil unseres Abenteuers. Erst wenn wir von dort

wieder aufbrechen und Richtung Osten ziehen, dann wird es gefährlicher.« Er duckte sich, um einem tief herabhängenden Ast auszuweichen. »Vorsichtshalber halten wir uns von den üblichen Wegen und der zivilisierten Welt fern. Unsere Reise muss geheim bleiben. Keiner wird wissen, wo wir sind und in welche Richtung wir ziehen.«
»Ist mir alles recht«, sagte Bartolomäus. »Was ich allerdings gerne wüsste, ist, wann wir eine Pause einlegen.« Er veränderte seine unbequeme Sitzposition. »Nicht jeder ist ein geborener Reiter.«
»Es wird noch eine Weile dauern, bis wir anhalten, Bartolomäus«, lachte Quovadis. »Und Druckstellen vom Sattel verheilen wieder, irgendwann jedenfalls.«

Stunden später lenkte die kleine Reisegruppe schon weit im Norden von der *Stadt der mächtigen Mauern* ihre Pferde im Schritttempo durch ein Feld voller schlafender Sonnenblumen hindurch. Sie hatten den Großteil ihrer Reise schweigend hinter sich gebracht, jeder in seine Gedanken versunken und gegen die Müdigkeit und Anstrengung ankämpfend.
Olivers Zweifel wurden immer größer. Wie sollten er und Bartolomäus denn um Himmels willen einen Zauberer besiegen?
»Wie lange noch?«, gähnte Bartolomäus. »Ich will ins Bett.«
Oliver zeigte auf den Horizont, der vom Pferderücken aus über die Sonnenblumen hinweg gerade zu erkennen war. Das erste milchige Licht der aufgehenden Sonne ließ die Sterne allmählich verblassen.
Quovadis nahm es ebenfalls wahr und nickte. »Wir reiten noch bis zum Rand dieses Feldes und schlagen dort unser Lager auf.«
Bartolomäus seufzte erleichtert. »Wunderbar. Zuerst noch etwas essen und dann schlafen.«

Quovadis schüttelte den Kopf. »Es hat keiner behauptet, dass Abenteuer eine angenehme Sache sind. Zuerst müssen die Pferde versorgt werden.« Er lächelte und fuhr fort: »Danach ist es Zeit für euren ersten Unterricht.«
»Unterricht?«
»Aber natürlich. Wer Kratau besiegen möchte, braucht jede Art von Hilfe, die er nur bekommen kann. Und das bedeutet Unterricht.«
»Was denn für Unterricht?«, fragte Bartolomäus.
»Magie«, war die kurze Antwort.
Oliver und Bartolomäus schauten sich an. »Magie? Meinen Sie Zauberei und dergleichen? Wieso? Wie geht das?«
Doch sie konnten so viele Fragen stellen, wie sie nur wollten, das Einzige, was Quovadis dazu sagen mochte, war ein geheimnisvolles: »Ihr werdet schon sehen.«
Am Rande des Sonnenblumenfeldes stiegen sie ab und versorgten die Pferde. Danach bauten Oliver und Bartolomäus schnell die Zelte auf. Sie waren kaum zu erkennen unter dem Laub tief herabhängender Zweige einer knorrigen blauen Trauerweide. Der vorhin geäußerte Wunsch schlafen zu dürfen war vergessen. Quovadis kümmerte sich währenddessen um ein kleines Lagerfeuer, dick belegte Brote und warmen Tee.
»Wir sind fertig, Quovadis. Können wir jetzt mit dem Unterricht anfangen?«
Der Zauberer nickte. »Setzt euch«, sagte er. Oliver ließ sich neben den Zelten auf den Boden fallen. Er hörte, wie die Pferde grasten. Die ersten Strahlen der Sonne tauchten den Horizont in leuchtendes Rot. Er hielt es kaum noch aus. Er sollte in Magie unterrichtet werden – wer hätte das gedacht?
Quovadis holte drei rote Äpfel hervor und platzierte sie in einer Reihe im Gras. Dann setzte er sich neben die beiden Jungen.

»Wir fangen mit einer einfachen Übung an. Ich werde sie zuerst vorführen, und danach seid ihr dran. Passt also gut auf.«
Quovadis streckte seinen Arm aus und zeigte auf den vor ihm liegenden Apfel. Er machte nur eine winzige Bewegung mit seinem Finger, und schon sprang der Apfel in die Luft und blieb in ungefähr einem Meter Höhe schweben. Er machte eine weitere Bewegung und der Apfel fiel wieder zu Boden.
»Ganz einfach«, sagte Quovadis.
Oliver lachte begeistert.
»Das ist wie bei der Landkarte«, rief Bartolomäus. »Das ist ja wirklich total verrückt!«
»Es freut mich, dass es dir Spaß macht, Bartolomäus. Du darfst es als Erster probieren.«
Bartolomäus grinste zu Oliver hinüber. »Aufgepasst!« Er starrte den Apfel an, seine Zungenspitze lugte zwischen den Zähnen hervor. Er streckte seinen Arm aus. »Flieg!«, wies er den Apfel an. »Schwebe!« Der Apfel blieb wie zum Hohn im Gras liegen.
»Komm schon, Bartolomäus«, rief Oliver.
Bartolomäus schaute ihn ungeduldig an. »Sei still, ich versuche mich zu konzentrieren.« Er sah den Apfel durchdringend an. »Heb doch ab, du dummes Stück Obst!« Er kniff die Augen zu Schlitzen zusammen und zog die Stirn kraus. Doch es passierte überhaupt nichts.
Oliver lachte. »Du bist ein Naturtalent!«
»Versuch du es jetzt, Oliver«, sagte Quovadis. »Und streng dich bitte nicht so sehr an wie Bartolomäus. Versuche dich einfach entspannt zu konzentrieren. Gib dem Apfel sozusagen einen kleinen Schubs.«
Oliver zuckte mit den Schultern. »In Ordnung. Aber erwarten Sie nicht zu viel, das Zaubern funktioniert bei mir nur mit Dukaten.«

»Versuch es doch einfach mal«, sagte Bartolomäus. »Von schönen Worten wird man nicht satt.«
Doch Oliver hörte schon gar nicht mehr zu. Er betrachtete seinen Apfel, versuchte seine Form aus der Entfernung zu ertasten, er war kühl und glatt. Wie ging das noch mal? Er versuchte sich vorzustellen, dass er den Apfel mit seinen Gedanken umfing. Langsam streckte er den Arm aus und atmete tief ein. Er machte eine kleine Bewegung mit der Hand. Gedanken und Gefühle gingen ineinander über. Das Bild des Apfels nahm in seinem Kopf feste Gestalt an. Und dann schubste er ihn, wie von allein, im Geiste an. Bevor er wusste, wie ihm geschah, schoss der Apfel wie ein roter Pfeil senkrecht in die Höhe und verschwand zwischen dem Laubwerk der Trauerweide.
»Potzblitz!« Bartolomäus sprang zur Seite. Erschrocken sah er zu seinem Freund hinüber. »Was war denn das?!«
Oliver blickte genauso erschrocken zurück. Er hatte es gespürt. Tief drinnen in seinem Kopf. Es war eine Art fühlbare Energie, eine Bewegung. Und der Apfel …
Er schaute Quovadis an, plötzlich empfand er Angst in der Magengrube.
Plumps! Mit einem lauten Schlag bohrte sich der Apfel in den Boden, genau an der Stelle, wo er vorhin gelegen hatte.
»Potztausend!«
»Dachte ich mir's doch«, sagte Quovadis. »Komm schon, Bartolomäus, beruhige dich. Wenn du dich jetzt wieder hinsetzt, dann werde ich es euch erklären.« Er lächelte Oliver an. »Das war schon sehr gut. Ein kleiner Schubs war es zwar nicht gerade, doch daran werden wir noch arbeiten.«
Oliver nickte nervös. Er versuchte immer noch zu verstehen, was eigentlich passiert war.
»Wer verfügt über magische Kräfte?«

»Die zwölf Zauberer«, antwortete Oliver und warf einen schrägen Blick auf die kleine Vertiefung im Boden, »und Kratau.« Bartolomäus setzte sich wieder. Sein Blick ruhte auf seinem Freund. »Ganz richtig. Zauberer, und außer ihnen sonst *keiner*«, sagte Quovadis.

Es blieb eine kurze Zeit still.

»Sonst keiner«, wiederholte Bartolomäus. »Oliver kann zaubern.« Dann schaute er seinen Freund an. »Du bist ein Zauberer«, sagte er und lachte auf, doch es hörte sich etwas nervös an. »Die Hand ist schneller als das Auge, was? Während der ganzen Zeit, in der wir die fahrenden Händler mit deinen kleinen Zaubertricks veräppelt haben, hast du ganz einfach richtig gezaubert!«

Oliver schwieg. Es war alles andere als ganz einfach. Zauberkräfte. Er konnte noch immer das prickelnde Gefühl in seinem Kopf spüren. Magie. Das, womit er den Apfel in Bewegung gebracht hatte, war wie ein Peitschenschlag gewesen. Kaum zu kontrollieren und voller Energie. Ein Zauberer, er?

Es war schön und beängstigend zugleich.

»Ich weiß nicht, ob ich überhaupt ein Zauberer sein möchte«, sagte er.

»Du wirst mit dieser Gabe geboren«, sagte Quovadis ruhig. »Es ist so ähnlich, wie als Adeliger geboren zu werden.«

Oliver nickte. An diesen Gedanken war er schon lange gewöhnt. Er würde auch Baron werden, genau wie sein Vater. So war das eben. Doch mit magischen Kräften geboren zu werden, das war nun doch etwas völlig anderes.

»Du hast eine Gabe, Oliver. Und die ist genauso ein Teil von dir wie deine Nase oder deine Haare. Das macht dich zum Zauberer. Aber«, ergänzte Quovadis, »was du mit dieser Gabe machst, das bestimmst du selber. Es ist deine Entscheidung. Du kannst damit machen, was du willst.«

Oliver war noch nicht überzeugt. »Ich möchte am liebsten normal sein.«

»So normal wie der einzige Sohn eines Barons, oder wie?«, scherzte Bartolomäus. Oliver lachte ebenfalls. Aber er hatte noch immer ein etwas banges Gefühl in der Magengrube.

»Vorerst braucht es niemand zu erfahren«, sagte Quovadis. »Es bleibt unser Geheimnis. Was du jedoch tun solltest, ist, deine Kräfte kennen und kontrollieren zu lernen.« Er zeigte auf Olivers Apfel. »Das Kontrollieren müssen wir noch ein bisschen üben, wie wir soeben gesehen haben.«

Oliver lachte. Vielleicht war alles nur halb so schlimm, dachte er. Er holte ein paarmal tief Luft. Außerdem war Quovadis hier, um ihm zu helfen, hielt er sich tapfer vor Augen.

»Und ich bin kein Zauberer?«, fragte Bartolomäus vorsichtshalber nach.

Quovadis schüttelte lächelnd den Kopf. »Nein, Bartolomäus, du kannst nicht zaubern. Aber Oliver wird dich auf dieser Reise noch dringend brauchen.«

»Was ist eigentlich mit dem restlichen Unterricht?«, fragte Bartolomäus.

»Oliver«, sagte Quovadis, »meinst du, dass du schon dazu bereit bist? Ich möchte noch ein paar einfache Dinge mit dir durchgehen, bevor wir uns schlafen legen. Du wirst sehen, dass es wirklich Spaß machen kann.«

Und in den verbleibenden Stunden an diesem sehr frühen Morgen blickten die Pferde hin und wieder erstaunt hoch, wenn Dinge in die Höhe schwebten und grelle Lichtblitze durch die Bäume schossen. Aber keiner staunte mehr als Quovadis. Er hatte noch nie ein solches Talent gesehen. Vielleicht, dachte er, vielleicht hatte die *Entdeckte Welt* doch noch eine Chance gegen den Zauberer Kratau. Hoffentlich kamen sie noch nicht zu spät.

Die Vierte Fertigkeit

Mit den letzten Sonnenstrahlen des vierten Tages begann die kleine Reisetruppe mit den Vorbereitungen für die letzte Nacht. Morgen würden sie in aller Frühe die *Stadt des puren Platins* erreichen. Bartolomäus hatte sich mittlerweile an den Sattel gewöhnt und Oliver freute sich schon auf die ganzen Wunder, die die Hauptstadt ihnen bieten würde. Ausgeruht und gesättigt machten sie sich auf den Weg. Zum Abschied zirpten Tausende von Grillen in der dämmerigen Hügellandschaft.

Oliver hatte sich noch immer nicht an seine neue Gabe gewöhnt. Aber er musste zugeben, dass ihm der tägliche Unterricht von Quovadis großen Spaß bereitete. Er hatte sich tüchtig in den Sieben Magischen Fertigkeiten geübt, das waren die sieben Zauberkünste, die jeder Zauberer beherrschen sollte. Manche fielen ihm schwer, wie zum Beispiel die subtilen Geheimnisse *der Stimme*, die Sechste Fertigkeit. Andere gelangen ihm dagegen von Natur aus mühelos, wie zum Beispiel *Energie*, die Vierte Fertigkeit, womit er den roten Apfel in die Luft gejagt hatte. Doch das lag schon fast fünf Tage zurück. Oliver schüttelte den Kopf. Es schien ihm viel länger her zu sein, dass sie Schloss Obsidian verlassen hatten. Das nächtliche Reisen zu Pferde war mittlerweile schon zur Gewohnheit geworden.

»Sie sind heute Abend so ruhig, Quovadis«, sagte Oliver. Der Zauberer nickte seinem Lehrling mit einem düsteren Gesichtsausdruck zu. »Es liegt etwas in der Luft. Spürst du das auch?«

Oliver schüttelte den Kopf. Bartolomäus zuckte mit den Schultern.

»Was denn?«, fragte Oliver.

»Eine Bedrohung«, antwortete der alte Zauberer. »Versuche auf jeden Fall wach zu bleiben und denke an all das, was ich dich in den vergangenen Tagen gelehrt habe.«

Sie ritten wachsam weiter, Stunde um Stunde, eine kleine Kolonne, die von Quovadis angeführt wurde und mit Bartolomäus endete. Von dem milchigen Mondlicht beschienen lenkte Oliver sein Pferd über dicht bewaldete Anhöhen und durch schmale, eiskalte Bäche. Nebelschwaden hingen zwischen den uralten Bäumen. Die Nacht war voller leiser Geräusche, jagender Tiere und Bewegungen von Ästen und Sträuchern.

Gegen Ende der Nacht ließ Quovadis plötzlich sein Pferd anhalten.

»Alle mal stehen bleiben!«

Oliver zog erschöpft die Zügel an. Quovadis hob den Finger in die Luft. »Horcht, hört ihr das? Wasser. Das bedeutet, dass wir ganz in der Nähe des Waldflusses sind.«

Oliver konnte das sanfte Murmeln in der Ferne hören.

»Vom Fluss aus sind es noch ungefähr zwei Stunden bis zur *Stadt des puren Platins*«, sagte Quovadis, »aber zuerst müssen wir über die Brücke.« Er klang besorgt.

»Ist das denn so schlimm?«, fragte Oliver.

»Es ist ein Risiko, Oliver. Aber es bleibt uns nichts anderes übrig. Die Brücke ist unsere einzige Möglichkeit. Der Waldfluss hat eine viel zu starke Strömung, um ihn schwimmend oder watend durchqueren zu können.«

»Spüren Sie noch immer, dass Gefahr droht?«, fragte Bartolomäus.

Quovadis nickte. »Die Bedrohung ist sogar noch gewachsen. Ich frage mich, wie wir wohl am besten vorgehen sollen.«

»Im Galopp über die Brücke«, sagte Oliver. »Drei Pferde, dicht nebeneinander, in voller Geschwindigkeit. So wird uns niemand aufhalten können.«

»Gute Idee«, brummte Quovadis. »So machen wir's.« Er klopfte seinem Pferd, das nervös wieherte, beruhigend auf den Hals. »Achtet darauf, dicht zusammenzubleiben, reitet in voller Geschwindigkeit und haltet auf keinen Fall an, egal was passiert.« Er löste seinen Stab vom Sattel und nahm ihn in seine rechte Hand. »Dort ist der Weg«, zeigte er.

Im Schritttempo ritten sie im Schutz der Bäume hinunter. Oliver fasste die Zügel etwas fester. Sein Pferd schien ihm zum ersten Mal nicht gehorchen zu wollen. Das Tier spürte wohl, dass etwas nicht stimmte. Er blickte zum Zauberer hinüber. Quovadis schaute sich wachsam um, als hätte die Bedrohung sie bereits eingekreist. Bartolomäus sah etwas blass aus. Oliver spürte, wie sein Herz pochte. Das Ganze war wirklich sehr unheimlich.

Die Bäume wichen langsam zurück und sie konnten den vom Mondlicht beschienenen Weg vor sich erkennen. Es war niemand zu sehen. Tiefe Wagenrillen verschwanden weiter vorne in einer Kurve. Oliver konnte den Fluss jetzt deutlicher hören. Das Wasser rauschte gewaltiger, dunkler.

»Die Brücke befindet sich ein paar hundert Meter hinter dieser Kurve«, sagte der Zauberer. »Es scheint so, als würde uns dort etwas erwarten. Horcht mal.«

»Es sind keine Tiere zu hören«, sagte Bartolomäus nach ein paar Sekunden. Quovadis nickte. Oliver hörte auch nichts. Alle üblichen nächtlichen Geräusche waren verstummt. Kein Krächzen von Eulen, Piepsen von Fledermäusen oder Brummen von Bären aus der Ferne. Im Wald war es unnatürlich still. Mit einem Mal wurde die Stille von dem lang anhaltenden,

schrillen Schrei einer Krähe durchbrochen. Olivers Pferd bäumte sich auf, die beiden anderen wurden immer unruhiger.
»Wir gehen gleich zum Galopp über«, entschied Quovadis.
»Reitet so schnell ihr nur könnt. Und vergesst nicht, was ich euch gesagt habe. Bleibt dicht zusammen und haltet für nichts und niemanden an.«
Er lenkte sein widerspenstiges Pferd auf den Weg. Oliver folgte ihm mit Mühe.
»Jetzt!«
Oliver gab seinem Pferd die Sporen. Er flog mit donnerndem Getöse vorwärts. Sie wurden schneller, immer schneller. Die Bäume flogen an ihm vorüber, während er tief vornüber gebeugt seinem Pferd zuschrie: »Schneller!«
Mit großer Geschwindigkeit jagten sie um die Kurve. Dort. Er sah die Brücke. Schwer und hölzern, dem schäumenden Fluss trotzend. Er spornte sein Pferd noch mehr an. Für den Bruchteil einer Sekunde sah er das bleiche, angespannte Gesicht von Bartolomäus neben sich. Die Hufe der Pferde wühlten den Boden auf.
Noch fünfzig Meter. Vierzig. Sie würden es schaffen. Vor ihnen richtete Quovadis sich auf und hob seinen Stab hoch in die Luft, in den Steigbügeln stehend. Er hatte etwas gesehen. Er schrie lauthals etwas Unverständliches, und plötzlich schoss ein greller Lichtstrahl aus der Spitze seines Stabes empor.
Dreißig Meter. Sie näherten sich der Brücke rasend schnell. Der Lichtstrahl änderte seinen Kurs und schoss nach vorne. Zwanzig Meter. Das Licht wurde von einem pechschwarzen Schatten, der sich auf der anderen Seite der Brücke mitten auf dem Weg befand, einfach verschluckt. Dann erklang, das Donnern des Flusses und der Pferdehufe übertönend, die furchtbarste Stimme, die Oliver jemals vernommen hatte. Das kalte Geräusch

schnitt ihm ins Herz, sein Atem stockte ihm im Halse. Er hatte keine Ahnung, was die unverständlichen Worte bedeuteten, aber er verspürte pure Angst.

Die Pferde gerieten in Panik. Die Tiere wollten nur noch eines: umdrehen und sich davonmachen. Sie bäumten sich auf, warfen ihre Reiter ab und stoben davon.

Hart schlug Oliver auf dem Boden auf. Einen kurzen Moment blieb er stöhnend liegen. Dann schaute er hoch. Quovadis lag reglos im Sand, die Augen geschlossen.

»Oliver! Steh auf, wir müssen hier so schnell wie möglich weg!« Bartolomäus zupfte panisch an seinem Ärmel.

Wie im Traum richtete Oliver sich auf. Bartolomäus zog ihn mit sich. Auf der anderen Seite der Brücke wurde der bedrohliche Schatten immer größer.

Bartolomäus zeigte auf Quovadis. »Pack ihn an den Armen! Lauf zum Ufer!«

Bevor Oliver tun konnte, was Bartolomäus ihm gesagt hatte, ertönte wieder die eiskalte Stimme. Die ungeheuerlichen Worte durchschnitten die Luft. Wie erstarrt blieb Oliver stehen. Er konnte sich nicht mehr bewegen. Aus den Augenwinkeln sah er, wie der Schatten die Brücke betrat, eine Welle aus Angst vor sich herschiebend.

»Die Vierte Fertigkeit, Oliver, die Vierte Fertigkeit!«, rief Bartolomäus.

Oliver versuchte zu nicken, aber er konnte es nicht. Dann tat er das, was Quovadis ihm beigebracht hatte. Er schloss die Augen und konzentrierte sich auf seinen Feind. Er spürte, wie sich die Energie in seinem Geiste aufbaute. Die Energie wurde stärker und stärker, ein weißes Licht, das immer heller wurde, bis er es kaum noch ertragen konnte. Und in dem Augenblick versetzte er ihr mit aller Kraft einen Stoß.

Nach einem kurzen Moment entsetzlichen Widerstandes war der Zauberbann gebrochen.
»Jetzt!«, kreischte Bartolomäus. Mit einer enormen Kraftanstrengung zerrten die beiden Jungen den Körper von Quovadis zum Flussufer. Über das feuchte Gras und den nassen Matsch rutschte der Zauberer mit einem lauten Plumps ins Wasser.
»Spring!«, rief Bartolomäus und tauchte Quovadis hinterher.
Mit einem schnellen Blick nach hinten folgte Oliver seinem Beispiel. Das Letzte, was er sah, bevor er ins kalte Wasser eintauchte, war das Bild eines schwarzen Schattens, der ihm mit eisigen Augen nachsah.
Oliver packte den Arm von Quovadis und begann kräftige Schwimmbewegungen zu machen, damit er nicht unterging. Der Fluss zog sie in rasend schnellem Tempo mit sich. Die Brücke über dem strudelnden Wasser verschwand bald aus ihrem Blickfeld.
»Bartolomäus! Hilfe!«
Bartolomäus ergriff prustend den anderen Arm des Zauberers, und gemeinsam versuchten sie seinen Kopf über Wasser zu halten.
»Dort!«, rief Bartolomäus kurze Zeit später. Ein kleines Stück weiter vorne trieb ein Baumstamm, bedeckt von Matsch, abgebrochenen Wurzeln und Zweigen. »Los, schwimmen!«
Mit Mühe gelang es den beiden Jungen, auf den Baumstamm zu klettern und Quovadis zwischen ein paar Zweigen hochzuziehen. Der Zauberer stöhnte leise, wachte jedoch nicht auf.
»Das war Kratau«, sagte Oliver außer Atem. »Kratau höchstpersönlich, das kann nur er gewesen sein. Er hat *die Stimme* benutzt. Und er war unglaublich stark.« Der Gedanke an den Widerstand, den der Dreizehnte Zauberer gezeigt hatte, ließ ihn erzittern.

»Aber du warst stärker.«

Oliver nickte etwas unsicher. Vielleicht stimmte das. Aber er hatte das Gefühl, dass er einfach nur Glück gehabt hatte.

»Mich würde interessieren, wie er uns überhaupt gefunden hat.«

Oliver schaute sich um. Der Baumstamm glitt um eine lange, flache Kurve, auf der einen Seite war ein tief ausgehöhlter Hang, auf der anderen ein breiter Sandstrand. Ein Hirsch mit dem größten Geweih, das Oliver je gesehen hatte, trank aus dem Fluss. Schweigend trieben sie an ihm vorbei.

»Wo sind wir?«, erklang es heiser. Der Hirsch schaute erschrocken auf und flüchtete mit graziösen Sprüngen in den Wald.

»Quovadis, Gott sei Dank, Sie sind wieder wach!«

Steif und ungelenk setzte der Zauberer sich auf. »Kratau«, sagte er, »das war Kratau. Was ist denn passiert?«

»Bartolomäus hat uns gerettet.«

»Ach was, Oliver hat uns gerettet, mit der Vierten Fertigkeit. Wir«, sagte Bartolomäus stolz, »haben gewonnen!«

Quovadis erschrak sichtlich bei dieser Nachricht, sagte jedoch nicht gleich, warum. Während er seinen Mantel auswrang, erzählten die beiden Jungen bis ins kleinste Detail, was alles geschehen war, nachdem die Pferde sie abgeworfen hatten.

»Schlimmer hätte es gar nicht kommen können«, sagte der Zauberer, als sie fertig waren. »Er hat euch gesehen und er weiß, dass ihr mit mir zusammen reist. Aber das Allerschlimmste ist, dass er jetzt deine magischen Kräfte kennt, Oliver. Jetzt müssen wir uns einen neuen Plan einfallen lassen.«

Er schaute Bartolomäus an. »Ich befürchte, dass wir nicht wirklich gewonnen haben, Bartolomäus, auch wenn wir Kratau entwischt sind. Manchmal verliert man, sogar wenn man gewinnt.«

Bartolomäus nickte etwas enttäuscht. Aber es war ihm anzusehen, dass er durchaus verstanden hatte, was Quovadis damit meinte.

»Und was ist mit dem neuen Plan?«, fragte er.

»Damit werden wir uns in der *Stadt des puren Platins* beschäftigen. So schnell geben wir nicht auf.« Quovadis rieb sich die Hände, legte sie aneinander und blies hinein. »Donnerwetter, diese Kälte ist ja furchtbar! Das Erste, was ich brauche, ist ein warmes Bad, eine warme Mahlzeit und ein warmes Bett.«

»Wie weit ist es denn noch?«, fragte Oliver.

Quovadis machte eine weit ausholende Geste. »Schau mal, dort.« Und dann sagte er mit erhobener Stimme: »Junker Oliver von Offredo, junger Herr Bartolomäus Bariton, hier seht ihr die Hauptstadt unseres Königreiches.«

Die Kälte, die Angst, der Matsch, die Beulen und blauen Flecken – Oliver hatte mit einem Mal wegen des unglaublichen Schauspiels, das langsam auf sie zugetrieben kam, alles vergessen.

Die Stadt des puren Platins

Die *Stadt des puren Platins* zeigte sich den Reisenden in ihrer vollen Pracht, eine Insel inmitten eines weitläufigen Sees. Oliver hatte so etwas noch nie gesehen. An drei Stellen der Stadt erhob sich jeweils eine schlanke Säule, die die höchsten Gebäude überragte. Riesige weiße Tücher, größer als die größte Fahne, mit dem Wappen des Königs in herrschaftlichem Scharlachrot und Gold, flatterten daran leise im Morgenwind. Die ersten Sonnenstrahlen erleuchteten die ganze Stadt. Überall waren Türme, Terrassen und Gärten zu sehen. Um die Stadt herum lagen Dutzende von Handelsschiffen vor Anker. Vor den Lagerhäusern am Kai liefen kleine Figürchen hin und her, eifrig mit dem Be- und Entladen der Schiffe beschäftigt. An der Ostseite konnte man eine Schiffswerft mit dem hölzernen Gerippe eines Schiffes erkennen, das gerade gebaut wurde.
Dann erst sah Oliver es genauer. Von den Tüchern hoch oben über der Stadt verliefen lange Seile nach unten und verschwanden zwischen den Gebäuden. Genau wie bei den Segelschiffen am Kai. Es ist ein Segelschiff, wurde ihm plötzlich klar! Die *Stadt des puren Platins* war überhaupt keine Insel. Sie schwamm! Die Geschichten über die Hauptstadt stimmten also! Die drei Säulen waren Schiffsmasten, die Tücher waren Segel. Wie ein gigantischer Dreimaster auf einem riesigen See, vom Wind angetrieben. Und die *Stadt des puren Platins* war um einiges größer als die *Stadt der mächtigen Mauern*!

Er starrte auf die treibende Hauptstadt. Es erschien ihm wie ein Traum.

Bartolomäus zeigte auf etwas. »Sieh nur, dort!«

Eines der herabhängenden Seile wurde angezogen. Das mittlere Segel über der Stadt bauschte sich auf, und nach einem kurzen Moment des Zögerns änderte die Hauptstadt langsam, aber stetig ihren Kurs.

»Die größten Segel der *Entdeckten Welt*«, sagte Quovadis lächelnd. »Die *Stadt des puren Platins*, der schaukelnde Sitz unseres Königreiches. Ihr werdet doch hoffentlich nicht schnell seekrank, oder?«

Er stand vorsichtig auf, und mit einer zielsicheren Gebärde seiner Hand schoss ein blaues Licht in einem graziösen Bogen empor und sank dann langsam wieder herunter. Auf dem Kai hielten einige der kleinen Figürchen in ihrer Arbeit inne und zeigten darauf.

»Also, ich vermute, dass wir in etwa einer halben Stunde schon unser Frühstück genießen werden«, sagte Quovadis zufrieden.

Es dauerte nicht lange, da kam eine kleine Segeljacht auf sie zu und hielt parallel zu ihnen an. Die Mannschaft, gekleidet in dem berühmten Himmelblau der Königlichen Garde, half Quovadis, Bartolomäus und Oliver nacheinander an Bord.

Während sich Oliver dankbar in eine warme Decke einwickelte, unterhielt sich Quovadis im Flüsterton mit dem Kapitän. Dieser nickte und gab einen kurzen Befehl. Der Steuermann wiederholte den Befehl und lenkte das Schiff durch den Wind. Quovadis nahm sich auch eine Decke und setzte sich zu den beiden Jungen.

»Wir steuern eine verlassene Mole auf der anderen Seite der Stadt an. Von da aus kenne ich einen geheimen Schleichweg zum Palast. Wenn wir einmal dort sind, sind wir vorläufig auch in Sicherheit.« Er lächelte. »In der Zwischenzeit würde ich einfach nur die Aussicht genießen. An Land wird es sicher hektisch.«

Die Runde der Zwölf

Oliver wurde verfolgt. Er rannte so schnell er konnte, aber es war, als watete er durch eine dicke Schicht aus klebrigem Sirup. Hinter ihm ertönten Schritte, bum-bum, bum-bum. Kratau war hinter ihm her. Die Angst schnürte ihm die Kehle zu. Er wollte schreien, doch er brachte keinen Ton heraus. Er schaute sich um und sah, dass der schwarze Schatten immer näher kam. Flammen schossen aus seinen eiskalten Augen. Voller Panik versuchte Oliver noch schneller zu laufen, aber seine Muskeln gehorchten ihm nicht. Dann stürzte er nach unten, endlos tief, immer tiefer und tiefer.
Plötzlich schreckte er aus dem Schlaf auf. Mit weit aufgerissenen Augen schaute er um sich. Er lag in einem Bett, in einem herrlich ausgestatteten Zimmer mit einer reich verzierten Decke und kristallenen Kronleuchtern, und mit einem Mal wusste er wieder, wo er sich befand. In der *Stadt des puren Platins*, im Palast des Königs.
Bum-bum, bum-bum.
»Herein.«
Die riesige Tür schwang auf und ein Tablett voller Speisen erschien, gefolgt von einem Butler.
»Einen schönen Mittag wünsche ich, junger Herr«, sagte der Butler höflich.
»Danke, gleichfalls.« Oliver rieb sich die Augen. Mittag. Dann hatte er nur ein paar Stunden geschlafen.

Der Butler stellte das Tablett ab und zog die Vorhänge auf. Ein schwarzer Schatten flog erschrocken davon. Eine Krähe, dachte Oliver. Die Aussicht auf die Stadt war einfach wunderbar, einer der Schiffsmasten füllte den sonnigen Himmel aus. Mit einer Verbeugung verließ der Butler das Zimmer.
Es lag ein Zettel auf dem Tablett. In geschwungenen Lettern stand dort:

> *Komm nach dem Essen zum Eingang,*
> *der zur Runde der Zwölf führt.*
> *Am Ende des Flurs links,*
> *die Treppe hinauf, die zweite Tür rechts.*
> *Quovadis*

Die Runde der Zwölf! Oliver lächelte und begann schnell zu essen.

Abgesehen von den drei Schiffsmasten war der Turm das höchste Gebäude der *Stadt des puren Platins,* eine schlanke Nadel aus Marmor auf dem Palast, die weit in die Luft hinaufragte.
Im Innern des Turmes stieg Oliver hinter seinen beiden Freunden die Treppe hinauf.
»Dreihundert, dreihunderteins, wie weit ist es denn noch, Quovadis?«
Der Zauberer schaute zurück. »Komm schon, Bartolomäus, ein Abenteurer wie du hat doch sicherlich keine Probleme mit vierhundert Treppenstufen?« Trotz seines hohen Alters schien der Zauberer nicht mal außer Atem zu sein.
»Vierhundert?!«
»Mmh, mmh«, bestätigte Quovadis, »und nachher geht es wieder vierhundert hinunter, juhu!«
Grinsend kletterten Oliver und Bartolomäus hinter dem Zauberer her.

Nach der vierhundertsten Stufe endete die Wendeltreppe an einer Tür, die Zutritt zu einem runden Turmzimmer verschaffte. Erstaunt sah Oliver sich um. Der kalkweiße Raum war komplett leer, es gab keine Stühle oder Tische, keine Teppiche am Boden, überhaupt nichts. Es waren auch keine Fenster in die Mauern eingelassen, die Wände waren ganz und gar glatt und gingen wie fließend in den Boden und in die Decke über.
Quovadis schloss die Tür, und plötzlich schien es, als befänden sie sich in einem endlos weiten weißen Raum, ohne jegliche Form oder Farbe.
»Was ist denn das hier, ich dachte, wir wären schon da?«
»Zwölf Turmzimmer in zwölf Hauptstädten«, sagte der Zauberer, »der einzige Zugang zu der Runde der Zwölf.«
»Und wie geht es jetzt weiter?«
»Das ist schwierig zu erklären«, antwortete Quovadis. »Es ist am ehesten vergleichbar mit links abbiegen, unendlich oft und ganz schnell hintereinander.«
»Und wenn man rechts abbiegt?«, fragte Bartolomäus.
»Dann begibt man sich natürlich in die falsche Richtung«, brummte Quovadis.
Er nahm die beiden Jungen bei der Hand. »Bildet einen Kreis«, sagte er, »schließt die Augen und öffnet euren Geist. Ich kümmere mich um den Rest.«
Oliver ergriff Bartolomäus' Hand und schloss die Augen. Ein kurzes, Schwindel erregendes Gefühl stieg in ihm auf, dann sagte Quovadis: »Ihr könnt die Augen wieder aufmachen, wir sind da.«
Oliver schlug die Augen auf und erblickte einen großen Raum, der dem großen Speisesaal bei ihm zu Hause ein bisschen ähnelte. Ein Feuer brannte in einem großen offenen Kamin. Gemütliche hohe Armsessel standen um ihn herum. Auf dem Bo-

den lagen alte Teppiche und an den Wänden hingen prächtig verzierte Wandteppiche mit historischen Szenen. Eine Wand war nur für Bücher vorgesehen, sie stapelten sich auf Regalbrettern, die bis zur Decke reichten. Eine andere Wand wurde von einer sehr detaillierten Landkarte eingenommen. Kristallene Karaffen mit goldfarbenen Getränken standen auf eleganten kleinen Tischen. Kleine Lämpchen verbreiteten ein zartgelbes Licht. Sein Vater würde sich hier sicher wohl fühlen.

In der Mitte des Raumes stand ein runder Tisch mit dreizehn Stühlen. Elf davon waren besetzt. Zwei Stühle waren leer. Einer davon muss der Stuhl von Quovadis sein, dachte Oliver. Und der andere ist bestimmt der alte Stuhl von Kratau, aus der Zeit, als das hier noch die Runde der Dreizehn war. Dieser Stuhl war mit dichten Spinnweben behangen, und auf der Sitzfläche lag eine dicke Schicht Staub.

Elf Gesichter starrten ihn neugierig an. Einer der Zauberer stand auf. Er trug einen silbernen Mantel. Er hatte ein dunkelbraunes, fast schwarzes Gesicht, mit tiefen Runzeln und weisen, schwarzen Augen.

»Ich sehe, du hast Besuch für uns mitgebracht, Quovadis«, sagte er mit knarrender Stimme. Quovadis lachte und stellte die beiden Jungen vor.

»Junker Oliver von Offredo, der junge Herr Bartolomäus Bariton.«

Die elf Zauberer waren jetzt alle aufgestanden und verneigten sich.

»Willkommen«, sagten sie im Chor.

»Vielen Dank!« Oliver verbeugte sich ebenfalls.

Die Zauberer stellten sich alle der Reihe nach vor. Die meisten hatten wohlklingende Namen, die er sofort wieder vergaß. Es war einfacher, sich die Farben ihrer Gewänder zu merken: der silberne, goldene, rote, grüne, hellblaue, graue, braune, violette, weiße, gelbe und beigefarbene Zauberer. Mit dem Dunkelblau von Quovadis kam man dann auf zwölf. Es waren alles ältere Männer, genau wie Quovadis.

Brandewin, der silberne Zauberer aus dem Königreich ganz im Süden, sagte: »Da wir an unserem Tisch keine vierzehn Plätze haben, schlage ich vor, dass wir zum Kamin umziehen.«

Seine knarrende Stimme erinnerte Oliver an ein rostiges Rad.

»Das ist aber ein alter Kerl«, flüsterte Bartolomäus ihm ins Ohr.

»Brandewin ist fast vierhundert Jahre alt«, sagte Quovadis leise. Bartolomäus wurde rot. Oliver lächelte. Der Zauberer hatte gute Ohren.

»Er ist der einzige übrig gebliebene Zauberer, der den Krieg mit Kratau noch miterlebt hat. Hört ihm gut zu, ihr könnt viel von ihm lernen.« Er schaute Bartolomäus an und fügte leise hinzu: »Auch wenn er schon ein alter Kerl ist.«

Mit rotem Kopf setzte Bartolomäus sich hin. Als jeder seinen Platz eingenommen hatte, ergriff Brandewin das Wort.

»Wir werden wieder einmal durch Kratau bedroht. Vor dreihundert Jahren hat er uns und seinen König verraten. Damals strebte er die Macht über das Dreizehnte Königreich an.«

Die anderen Zauberer nickten zustimmend, eine Welle rauschender Farben.

»Das Dreizehnte Königreich ist verschwunden«, fuhr Brandewin fort. »Aber Kratau ist wieder auf freiem Fuß und seine Gier nach Macht ist noch immer sehr stark. Und er hat sein Augenmerk auf die anderen Königreiche gerichtet.«

»Woher wissen Sie das?«, fragte Bartolomäus.

»Er hat eine riesige Streitmacht versammelt, Bartolomäus, aus lauter Plorks bestehend, auf der anderen Seite der *Berge der eisigen Ewigkeit*.«

»Und die sollen wir aufhalten?«
»Nein, Bartolomäus, eure Aufgabe ist es, Kratau zu vernichten. Er weiß nicht, dass Oliver die Fähigkeit zu zaubern besitzt. Oliver ist sozusagen unsere Geheimwaffe.«

Oliver räusperte sich. »Ähm, ich befürchte, dass wir schlechte Neuigkeiten haben.«

Die Kraft der Runde

Die Mitglieder der Runde standen in kleinen Grüppchen zusammen und berieten sich. Sie hörten sich besorgt an. Oliver studierte mit Bartolomäus das Dreizehnte Königreich auf der großen Landkarte.
Brandewin klatschte in die Hände und wartete einen Moment, bis sich alle um ihn versammelt hatten.
»Jetzt, da Kratau von Olivers Geheimnis weiß, funktioniert der Überraschungseffekt natürlich nicht mehr«, begann er.
»Was machen wir denn jetzt?«, fragte Bartolomäus.
»Jetzt kommt Plan B zum Zuge«, krächzte Brandewin, »Täuschung.«
Der Rest der Runde brummte zustimmend.
»Es gibt nämlich nur eine Stelle, an der man über die *Berge der eisigen Ewigkeit* gelangt.« Mit seinem knochigen Finger tippte Brandewin auf die Karte und zeigte auf eine Stelle weit im Nordosten der *Stadt des puren Platins*. »Das ist hier. Über den Portalpass.«
Quovadis machte eine Bewegung und an der Gebirgskette entlang erschienen Legionen und Verteidigungslinien.
»Kratau macht sich mit seinen Legionen auf den Weg für den entscheidenden Angriff«, sagte er. Auf der anderen Seite der Berge färbte sich die Landkarte bedrohlich dunkler.
»Wenn es ihm gelingt, den Portalpass zu erobern, dann wird ihn niemand mehr aufhalten können. Deshalb wurden die

Streitkräfte aller zwölf Königreiche zusammengezogen, und die beziehen jetzt auf unserer Seite des Portalpasses Stellung.«

Hohe Schutzwälle, Schützengräben und Kanonen wurden auf der Karte sichtbar.

Bartolomäus kratzte sich am Kopf. »Kratau denkt also, dass wir auch über den Portalpass kommen werden. Aber sollten wir dann das Gebirge nicht besser an einer anderen Stelle überqueren? So würde er uns niemals finden.«

Quovadis schüttelte den Kopf. »Das geht leider nicht, Bartolomäus. Die *Berge der eisigen Ewigkeit* sind schrecklich hoch, eis-, eiskalt und einfach absolut unzugänglich. Es ist noch keinem gelungen, sie zu überqueren, außer über den Portalpass. Es würde mindestens eine Woche dauern, man muss über ausgedehnte Schneefelder und Gletscher wandern. Kein Mensch wohnt dort und es gibt nichts zu essen. Man würde erfrieren oder verhungern, bevor man überhaupt die Hälfte geschafft hätte. Nein, der einzige Weg führt über den Portalpass.«

»Aber dann weiß Kratau doch ganz genau, welchen Weg wir nehmen werden«, sagte Oliver. Er zeigte auf die Karte. »Von der *Stadt des puren Platins* aus in Richtung Nordost, über den Portalpass und von dort wieder in südöstlicher Richtung bis zum Tafelberg. Er kann uns an mindestens zehn Orten auflauern.«

Es war hoffnungslos. Das Gebiet hinter den *Bergen der eisigen Ewigkeit* war inzwischen dunkelrot. Lauter feindselige, mordlüsterne Plorks.

Brandewin und Quovadis begannen zu lachen, und schon bald lachten auch alle anderen Zauberer. Oliver schaute die glucksende Runde der Zwölf verdutzt an.

»Was ist denn so lustig?«, fragte Bartolomäus.

»Das ist ja gerade das Schöne an der Täuschung«, sagte Brandewin. »Du hast es eigentlich schon gesagt. In Anbetracht dessen, dass es total undenkbar ist, einen anderen Weg zu nehmen, werden wir es trotzdem tun.«

»Aber wie?«

»Das werde ich euch bei Gelegenheit noch erklären«, sagte Quovadis mit einem Zwinkern zu Brandewin.

Brandewin lächelte. »Es ist an der Zeit, in die *Stadt des puren Platins* zurückzukehren«, sagte er. »Ihr habt noch viel zu tun.«

Aber Oliver sagte: »Einen Augenblick noch. Es gibt etwas, worüber ich mir schon die ganze Zeit Gedanken mache. Wieso ist es so wichtig, dass *ich* ihn vernichte? Ich habe meine Zauberkraft gerade erst entdeckt. Ihr seid doch alle viel besser als ich.«

»Das ist eine gute Frage«, sagte Brandewin. »Und die Antwort ist ganz einfach. Im Gegensatz zu dem, was viele Menschen denken, sind Zauberer stärker, je jünger sie sind.«

»Wie funktioniert das denn genau?«, fragte Bartolomäus.

»Man wird mit einer bestimmten Menge an Zauberkraft geboren«, sagte Quovadis, »der eine hat etwas mehr, der andere etwas weniger. Doch das spielt keine Rolle. Wichtig ist, wie man diese Kraft abgibt, wie man sie sozusagen aufbraucht.«

»Wie geht das?«, wollte Oliver wissen.

»In den ersten Lebensjahren nehmen die magischen Kräfte sehr schnell zu. Ab einem Alter von etwa zwölf Jahren – so alt, wie du jetzt bist, Oliver – werden diese Kräfte zum ersten Mal freigesetzt. Dann ist man am stärksten. Von da an geht es ganz langsam bergab, so lange, bis die Kräfte ganz und gar aufgebraucht sind. Doch das dauert meistens ein paar hundert Jahre.«

Oliver schaute Brandewin fragend an.

»Ja, Oliver«, sprach der schwarze Mann mit dem silbernen Mantel, »als Zauberer bin ich nicht mehr so viel wert. Ich bin eigentlich nur noch der Ratgeber meines Königs. Meine magischen Kräfte sind so ziemlich aufgebraucht.«

Quovadis nickte. »Weil Zauberer so alt werden, sammeln sie im Laufe der Jahrhunderte einen Schatz an Lebenserfahrung und Weisheit an. Manchmal«, und an dieser Stelle sah er Bartolomäus nochmals an, »ist das mehr wert als irgendeine Art von Zauberkraft.«

»Auf jeden Fall ergänzen sich Alt und Jung wunderbar«, sagte Brandewin. »Weisheit und Schlauheit, Zusammenarbeit und Freundschaft, Überraschung und Täuschung. Das ist alles genauso wichtig wie Zauberkraft, vielleicht sogar noch bedeutsamer. Das ist die Kraft unserer Runde.«

Bartolomäus streckte den Finger in die Höhe. »Also, wenn ich das richtig verstanden habe, ist Oliver jetzt der stärkste Zauberer der *Entdeckten Welt*?«

Quovadis nickte. »Er ist mächtiger als Kratau.« Er schaute Oliver an. »Aber es mangelt dir an Kenntnis und Erfahrung, wie du deine Kräfte am besten anwendest. Du musst noch lernen, sie zu lenken, sie im richtigen Moment freizusetzen. Deshalb die vielen Unterrichtsstunden. Wenn du ihn nicht überrascht hättest, dann wärst du ihm am Waldfluss sicherlich unterlegen gewesen.«

Oliver nickte. Dann fiel ihm plötzlich etwas ein. »Der Krieg hat doch vor dreihundert Jahren stattgefunden. Kratau muss also noch älter sein. Wie kommt es, dass er noch immer so viel Zauberkraft hat?«

»Kratau war die ganze Zeit eingesperrt, tief unter den Fundamenten der *Stadt des seidigen Silbers*. Gefangen zwischen den Felsen und dem Feuer der Erde war er machtlos. Es muss wohl ein Erdbeben gegeben haben, wodurch sein Gefängnis geöffnet wurde, eine andere Erklärung haben wir nicht. Doch seine Zauberkraft wurde während der ganzen Jahre kaum gebraucht. Neben Oliver ist er nun der stärkste von allen Zauberern.«

Na toll, dachte Oliver insgeheim. Alle zählten auf ihn. Vor ein paar Tagen noch waren die Zaubertricks in der Herberge *Himmel und Erde* das Schwierigste gewesen, was er je gemacht hatte. Und jetzt das hier.

»Kommt«, sagte Quovadis, »es ist Zeit zu gehen.« Brandewin und die anderen Zauberer verbeugten sich und wünschten den Freunden viel Erfolg.

Etwas später, nach einer kurzen Reise über Unendlich-oft-hintereinander-rechts-abbiegen, befanden sie sich wieder in dem weißen Turmzimmer. Quovadis öffnete die Tür und sah Bartolomäus mit schalkhaftem Blick an. »Jetzt geht's nur noch vierhundert Stufen hinunter, meine Herren, und schon können wir uns an die Arbeit machen.«

Der König

Am selben Abend befanden sich Oliver und Bartolomäus ganz allein in einem der vielen Säle des Palastes. Sie saßen dort an die Wand gelehnt und unterhielten sich ganz leise. In der Mitte des Raumes wirbelte ein großer Tisch durch die Luft. Bartolomäus zeigte darauf. »Es macht immer noch Spaß, so etwas zu sehen. Ist das denn nicht schwierig?«
Oliver schüttelte den Kopf, mit einem Auge nach dem wirbelnden Möbelstück schielend. »Die Vierte Fertigkeit ist ganz einfach, es funktioniert fast von allein. Ich denke es und im nächsten Moment passiert es. Einfach so.«
Er lachte fröhlich und ließ den schwebenden Tisch dicht an den Wänden entlangsausen.
»Pass auf!«
Eine Ecke des Tisches berührte die Wand und das Möbelstück schoss wackelnd davon. Oliver sprang auf. Mit einem Wink seines Armes bekam er den Tisch wieder unter Kontrolle.
»Gerade noch rechtzeitig«, grinste er und setzte sich wieder.
»Du hast dich schon daran gewöhnt, oder?«
Oliver nickte. »Es ist nicht mehr so merkwürdig wie am Anfang. Als es mir das erste Mal gelang, mit diesem Apfel damals, da war ich mindestens genauso erschrocken wie du.«
»Und jetzt?«
Oliver zeigte lächelnd auf den schwebenden Tisch. »Jetzt macht es Spaß. Ich weiß inzwischen, wie es geht. Obwohl, Quovadis

sieht das etwas anders. Er ist nie mit mir zufrieden. Immer muss es noch besser sein.«

»Meinst du, dass du später auch ein Zauberer wirst?«

Oliver antwortete nicht sofort. Er würde später einmal der Nachfolger seines Vaters werden, Baron auf Schloss Obsidian. Und nichts anderes. Das war Familientradition. Ob man das überhaupt mit den Aufgaben eines Zauberers kombinieren konnte? Als Zauberer war man schließlich der Ratgeber des Königs. Ratgeber? Was machte man dann eigentlich den lieben langen Tag?

»Ich werde auf jeden Fall Baron«, sagte er zu Bartolomäus, »und mehr weiß ich jetzt auch noch nicht. Hast du denn schon eine Ahnung, was du später werden willst? Auch Stadtausrufer, so wie dein Vater?«

Bartolomäus schüttelte den Kopf. »Alles, nur nicht Stadtausrufer. Das ist langweilig und schlecht für die Stimmbänder. Nein, ich möchte etwas tun, das mir Spaß macht. Vielleicht Geschäfte tätigen wie dein Vater und damit sehr viel Gold verdienen.«

Oliver nickte. Viel Gold zu verdienen interessierte ihn nicht so sehr. Doch das lag vielleicht daran, dass sein Vater schon so viel davon besaß. Etwas tun, das einem Spaß macht, ja, das wünschte er sich auch. Bartolomäus brauchte kein Baron zu werden oder Zauberer – so gesehen hatte er es ganz gut getroffen.

Schweigend saßen sie eine Weile nebeneinander.

»Was hast du heute Mittag eigentlich üben müssen?«, fragte Bartolomäus.

»Alles. Alles bis auf die Vierte Fertigkeit. Die anderen Fertigkeiten sind viel schwieriger. Aber sie gehen mir zum Glück immer besser von der Hand. Nur mit *der Stimme* klappt es noch nicht so gut.«

Bartolomäus nickte. Oliver wusste, dass sein Freund die Sieben

Fertigkeiten kannte. Er hatte die meisten Unterrichtseinheiten atemlos mitverfolgt. Sie waren inzwischen schon alle dran gewesen, die *Strahlen des Lichtes,* der *Atem des Windes,* die *Hitze des Feuers,* die *Kraft der Energie,* die *Wellen des Wassers,* die *Befehle der Stimme* und die *Schatten der Finsternis.*

»*Die Stimme* ist langweilig«, sagte Bartolomäus, »findest du nicht auch? Ebenso die *Schatten der Finsternis.*« Er zeigte auf den Tisch, der sich langsam im Kreis drehte. »Nummer vier ist mein Favorit, zusammen mit *Feuer* und *Wasser.*«

»Meiner auch. Aber Quovadis sagt, dass *die Stimme* die am meisten unterschätzte Fertigkeit ist. Wie sagt er immer? Subtil, *die Stimme* ist subtil.«

Bartolomäus lachte. »*Die Stimme,* mein lieber Oliver, ist mächtiger als das Schwert«, imitierte er Quovadis.

»Sehr viel mächtiger!«, klang es amüsiert aus der Türöffnung. Bartolomäus schaute betreten drein, als Quovadis hereinschritt. Doch dann begann er zu lachen.

»Quovadis, was ist denn das? Ein neuer Mantel?«

Der Zauberer trug ein graubraunes Gewand, das mit kleinen Federn in derselben Farbe gespickt war.

»Das, Bartolomäus, ist Teil meines Kostüms. Und hier sind eure Kleider.«

»Kostüm?«, fragte Bartolomäus, während er die merkwürdigen Kleidungsstücke begutachtete, die Quovadis ihm überreichte. »Wieso?«

Quovadis hielt eine Eulenmaske vor sein Gesicht.

»Heute Abend findet ein Maskenball statt, Bartolomäus. Ich dachte mir, dass euch das vielleicht gefallen würde.«

»Das ist ja ein Ding!«, rief Bartolomäus mit einem breiten Grinsen auf dem Gesicht. Er versetzte Oliver einen Stoß in die Rippen. »Ein Maskenball!«

Quovadis lachte. »Doch bevor gefeiert wird, steht noch etwas anderes auf dem Programm.«
»Ach ja? Was denn?«
»Eine Audienz beim König. Er möchte euch sprechen.«

Sie standen vor den doppelten Türflügeln des Thronsaales. Oliver betrachtete noch einmal seine Löwenmaske, die er in der Hand hielt. Ein gelber, mit Pelz besetzter Mantel hing um seine Schultern. Bartolomäus trug einen roten Mantel und hielt die Maske eines Fuchses unterm Arm.
Oliver lächelte etwas nervös. Der König! Gleich würden sie dem König begegnen!
Die Türen schwangen auf und Oliver schritt in den Thronsaal hinein. Ein marmorner Fußboden erstreckte sich vor ihm in glänzendem Schwarzweiß. Links und rechts wurde die hohe Decke des Saales von langen Reihen gemeißelter Säulen getragen. Das letzte Licht des Tages drang durch die mosaikartigen farbigen Fenster herein. Kristallene Kronleuchter erhellten große Bilder an den Wänden.
Am Ende des Saales saß etwas erhöht der König auf seinem Thron. Er unterhielt sich gerade mit zwei Offizieren der Garde. Als der König sie sah, nickte er und die beiden Offiziere verließen den Saal.
Oliver und Bartolomäus liefen nach vorne und verneigten sich tief.
»Majestät.«
Der König lächelte. »Mein Ratgeber hatte Recht. Ihr seht euch wirklich ähnlich. Doch ich weiß, wer von euch beiden der Löwe und wer der Fuchs ist.«
»Willkommen, Oliver«, nickte er, »willkommen, Bartolomäus.«
»Vielen Dank, Majestät«, sagte Oliver für beide. Seine Nervosi-

tät war verschwunden. Der König war viel freundlicher, als er angenommen hatte. Er war ein hochgewachsener Mann mit forschenden Augen. Er trug einen goldenen Mantel. Eine goldfarbene Sonnenmaske lehnte gegen den Thron.

»Wie geht es deinem Vater, Oliver? Es ist schon wieder eine Weile her, dass wir uns unterhalten haben.«

Unterhalten?

»Ähm, es geht ihm sehr gut, Majestät«, sagte er.

Kannte sein Vater den König?

»Es freut mich, das zu hören«, sprach der König. »Vielleicht sollten er und ich mal wieder ein Treffen arrangieren, wenn unser Kampf gegen Kratau ausgefochten ist.«

Oliver nickte. Sein Vater traf sich mit dem König!

»Unser Kampf gegen Kratau«, wiederholte der König, »seid ihr dazu bereit?«

Oliver zögerte. Waren sie bereit? Er glaubte schon.

»Aber sicher, Majestät«, sagte Bartolomäus. »Wir haben Kratau bereits einmal besiegt und Oliver wird immer besser.«

Der König lächelte.

»Sie können auf uns zählen, Majestät«, sagte Oliver. Bartolomäus nickte.

Einen kurzen Moment blieb es still. Der König sah Oliver nachdenklich an, als ob er eine Entscheidung treffen müsste. Dann nickte er langsam.

»Du weißt, warum gerade du Kratau vernichten sollst, Oliver?«

»Wegen meiner Zauberkraft, Majestät, ich bin stärker.«

»Das stimmt, Oliver, aber es gibt noch einen anderen Grund.«

»Einen anderen Grund?«

»Einen etwas persönlicheren.«

»Was ...«, begann Bartolomäus, aber der König hob die Hand.

»Als das Dreizehnte Königreich vernichtet wurde«, sagte er,

»sind der König und seine Familie den Horden von Kratau entkommen.«

Oliver nickte. Das hatte sein Vater ihm auch erzählt.

»Und vor dreihundert Jahren haben sie in meinem Reich Zuflucht gefunden«, sagte der König. Sein Blick bohrte sich in Olivers Augen. »Seine letzten Nachkommen leben noch immer hier.«

Oliver holte tief Luft. Eine schreckliche Vermutung nahm in seinen Gedanken Gestalt an.

»Wo, Majestät?«, flüsterte er.

»Auf Schloss Obsidian.«

Der Löwe und die Krähe

Ziellos irrte Oliver durch den Palast. Seine Gedanken wirbelten durcheinander. Königreiche, Krieg, Kratau, Zauberer, das Dreizehnte Königreich – sein Königreich? Wieso hatte sein Vater ihm nie davon erzählt?
Sein Königreich. Vor dreihundert Jahren hatte Kratau seine Familie verjagt. Und jetzt, Jahrhunderte später, bekam er die Gelegenheit, alles zu vergelten. Im Namen der Familie von Offredo. Er wünschte sich, mit seinem Vater darüber sprechen zu können. Über seine Abstammung, über die Familiengeschichte. Oliver schüttelte den Kopf. Sein Vater war nun mal nicht hier. Vielleicht sollte er doch auf den Maskenball gehen, zu seinen Freunden.
Er betrachtete seine Maske. Der Löwe, König der Tiere. Er lächelte und setzte die Maske auf. Dann schaute er sich um. Wo befand er sich überhaupt? Er stand in einem langen Flur, der mit kleinen Lämpchen sanft beleuchtet war. Der Mond schien durch die Fenster. Strenge Porträts blickten auf ihn herunter.
Dann eben geradeaus.
Am Ende des Flurs öffnete jemand eine Tür. Oliver schaute hoch. Noch jemand, der zum Maskenball will, dachte er. Es war eine dunkle Gestalt in einem schwarzen Mantel. Eine spitze Krähenmaske verdeckte sein Gesicht.
Die Krähe streckte schweigend die Arme aus. Im selben Augenblick legte sich ein Schatten über die kleinen Lampen. Das Licht wurde fahl und grau.

Die *Schatten der Finsternis,* dachte Oliver, die Siebte Fertigkeit. Ein Zauberer also, jemand aus der Runde der Zwölf, der auch zu dem Maskenball eingeladen wurde. Doch dann weiteten sich seine Augen. Angst durchdrang sein Herz. Es gab noch eine andere Möglichkeit. Kratau? Hier? Reflexartig hob er seine Arme. »Zu spät!«, kreischte die Krähe.
Oliver wurde von der Energie der Vierten Fähigkeit getroffen. Sie war viel stärker, als er es je während seiner Unterrichtsstunden bei Quovadis erlebt hatte. Er wurde vom Boden hochgehoben und etwa zehn Meter weiter niedergeworfen.
Benommen rappelte er sich wieder auf.
Kratau näherte sich drohend. Oliver sah seine Augen hinter der Krähenmaske funkeln. Was sollte er tun? Sein Herz hämmerte wild in seiner Brust. Tu etwas! Er konzentrierte sich und holte mit der Vierten Fertigkeit aus, so kräftig wie möglich. Die Energie schoss auf Kratau zu, stärker, als es ihm bisher je gelungen war.
Kratau machte eine Bewegung mit seinem rechten Arm, und plötzlich explodierte eines der Fenster und stürzte in einem Wasserfall aus Glas nach draußen.
Das ist einfach unglaublich, dachte Oliver. Kratau hatte seine Energie einfach zur Seite gebogen. Das war eine Kontrolle über die Kräfte, unfassbar! Das schaffe ich nie, dachte er voller Panik. Intensiver kann ich es nicht.
Die Krähe lachte schadenfroh. »Schlechte Arbeit, Löwe, stark, aber schlecht.«
Und wieder näherte sich der Dreizehnte Zauberer. Vorsichtig ging Oliver ein paar Schritte rückwärts. Dann musste eben die Erste Fertigkeit her. Jetzt! Lichtstrahlen schossen aus seinen Fingern hervor. Doch wieder wehrte Kratau den Angriff mühelos ab. Die Strahlen verschwanden durch das kaputte Fenster in die Nacht.

Oliver machte wieder ein paar Schritte zurück. Dann spürte er die Wand hinter sich. Er saß in der Falle!
Krataus Augen leuchteten triumphierend auf.
Am Ende des Flurs öffnete sich eine Tür. Es stahl sich jemand herein. Für den Bruchteil einer Sekunde sah Oliver einen Eulenkopf. Quovadis!
Die Krähe streckte die Arme hoch in die Luft. Hinter ihrem bedrohlichen Schatten sah Oliver zwei Finger im Mondlicht.
Zwei?
Mit einem Mal war ein donnerndes Geräusch zu hören. Ruckartig drehte der Dreizehnte Zauberer sich um.
Wind! Der *Atem des Windes!* Die Zweite Fertigkeit! Oliver konzentrierte sich, und zwischen seinen ausgestreckten Armen entstand eine Windhose, die heulend auf Kratau zuwirbelte. Bevor dieser reagieren konnte, sah er sich gefangen zwischen den ungezügelten Kräften von zwei Tornados. Aus den Augenwinkeln sah Oliver, wie die Gemälde von den Wänden heruntergerissen und an die Decke geschleudert wurden. Der brüllende Wind zerrte an seinen Kleidern und seinen Haaren.
»Das Fenster, Oliver!«, schrie Quovadis, den Lärm übertönend. »Jetzt!«
In einem großen Bogen schoss Kratau durch das kaputte Fenster hinaus, gefangen im tobenden Wind.
Erleichtert sank Oliver zu Boden, während um ihn herum die Reste der Gemälde auf den Fußboden fielen.

Übung

»Noch mal, Quovadis.«
Der Zauberer nickte. »In Ordnung. Vergiss nicht, deine Kraft zu verteilen, und entspann dich.«
Olivers Gedanken umfingen die Weinflasche, die am anderen Ende des Zimmers auf einem Tisch stand. Er gab einen Impuls, diesmal sehr vorsichtig. Fast zögernd löste sich die Flasche von dem Tisch. Kontrolle, darum ging es ihm.
Vorsichtig kippte Oliver die Flasche zur Seite, weiter, immer weiter. So war es gut. Langsam füllte er das Glas. Es musste ihm gelingen, ohne dass er etwas daneben leerte.
»Sehr gut. So ist es richtig. Du kannst die Flasche wieder hinstellen.«
»Es ist noch nicht gut genug, Quovadis, ich werde es noch einmal versuchen. Es muss schneller gehen, und vor allem genauer.«
Krataus Angriff lag bereits drei Tage zurück. Es war allen noch immer ein Rätsel, wie der Dreizehnte Zauberer Oliver hatte finden können. Aber der Angriff hatte Oliver klar gemacht, dass er bei weitem noch nicht gut genug war. Kraft allein war nicht ausreichend. Die Mühelosigkeit, mit der sein Gegner seine Attacken abgewehrt hatte, hatte ihn unsanft wachgerüttelt.
Deshalb hatte sich Oliver im Kontrollieren seiner Kräfte geübt.
Er hatte geübt und geübt, drei Tage lang.
Er konzentrierte sich und hob die Weinflasche wieder an.

Diesmal ging es fast wie von selbst. Auch Quovadis bemerkte den Unterschied.

»Das ist viel besser, Oliver!«

Oliver nickte. »Es ist so ähnlich wie beim Reiten«, sagte er, »man muss lenken, aber mit viel Gefühl. Ich glaube, jetzt habe ich den Bogen raus.«

»Das schickt sich gut«, sagte Quovadis, »denn es ist allerhöchste Zeit, wieder aufzubrechen.«

»Aufzubrechen?«, erklang eine Stimme von der Tür her. »Wann?«

»Morgen, in aller Frühe, Bartolomäus, wenn die Stadt noch schläft.«

»Erfahren wir jetzt endlich, wie wir weiterreisen werden?«, fragte Bartolomäus. »Und wie wir über die *Berge der eisigen Ewigkeit* gelangen sollen, wenn wir nicht den Portalpass benutzen? Ich habe in den letzten Tagen sämtliche Karten studiert, es gibt wirklich keine andere Möglichkeit. Hier, schaut selbst.« Er rollte eine Landkarte auseinander.

»Morgen früh«, sagte Quovadis, »wird sich eine große Truppe von Gardisten auf den Weg zum Portalpass machen. Mit dieser Gruppe werden ein Zauberer und zwei Jungen mitreisen. Danach wird es zumindest aussehen. Wir werden ein paar Stunden früher aufbrechen.«

»Das ist schlau«, sagte Oliver. Bartolomäus nickte. »Und wo werden wir hingehen?«

»Hierher.«

Quovadis zeigte auf einen Gipfel der *Berge der eisigen Ewigkeit* weit im Süden des Portalpasses. Oliver konnte nichts Besonderes erkennen. Ein willkürlich ausgesuchter Gipfel, so schien es ihm.

»Hier befindet sich Heliopost«, sagte Quovadis.

»Heliopost? Was ist das? Das ist nicht auf den Karten eingetragen.« Bartolomäus klang fast entrüstet.

Quovadis nickte. »Das ist ja gerade der Clou, Bartolomäus. Es weiß fast niemand, dass es Heliopost gibt. Es ist eine alte Sternwarte, die schon seit vielen Jahren außer Betrieb ist.«
»Aber jetzt wird sie wieder benutzt?«
Der Zauberer lachte. »Und wie! Eine Sternwarte verfügt nämlich über ein Teleskop.«
Oliver nickte. »Ja schon, aber das nutzt uns doch nichts.«
»Da hast du Recht. Aber wir haben das Teleskop von Heliopost entsprechend umfunktioniert. Man kann jetzt nicht nur nach oben, sondern auch nach unten schauen. Das Revier von Kratau wird den ganzen Tag beobachtet. Wir wissen ganz genau, wo sich seine Truppen befinden, wie groß sie sind und was sie gerade machen. Diese Informationen sollen uns dabei helfen, die Schlacht zu gewinnen.«
»Wie werden die Informationen dann vom Gipfel aus weitergegeben?«, fragte Bartolomäus.
»Die Wächter von Heliopost unterrichten uns jeden Tag per Brieftaube über die aktuellsten Veränderungen«, erklärte Quovadis.
»Und wie sollen wir auf den Gipfel gelangen?«
»Das werdet ihr in ein paar Stunden sehen.«

Die Luftfahrer

Früh am Morgen wurde Oliver sanft geweckt. Draußen war es stockdunkel, es war eine bewölkte, nasskalte Nacht. Er schlüpfte aus dem Bett und fand einen dicken Stoß warmer Kleidung auf seinem Stuhl. Seine eigenen Kleider waren verschwunden. Irgendjemand hatte seine Taschen geleert und den Inhalt schön sortiert auf einen kleinen Tisch gelegt. Schnell zog er die gefütterte Hose an und verstaute seine persönlichen Habseligkeiten Stück für Stück wieder in den Hosentaschen. Den Reisekompass von seinem Vater, ein Büchlein mit *Stimme*-Sprüchen für Anfänger von Quovadis und zwei goldene Dukaten. Als er die schweren, goldenen Münzen in seiner Tasche spürte, musste Oliver beim Gedanken an die Begebenheiten in der Herberge lächeln. Kaum zu glauben, dass er und Bartolomäus noch vor etwas mehr als einer Woche in der *Stadt der mächtigen Mauern* fahrende Händler ausgetrickst hatten.
Er schüttelte den Kopf und zog sich weiter an: zwei warme, ebenfalls gefütterte Pullover, dicke Socken und ein Paar feste Stiefel. Er klemmte die Jacke, die Mütze und die Handschuhe unter seinen Arm und öffnete leise die Tür. Auf der anderen Seite des Flurs lugte ihm Bartolomäus' verschlafenes Gesicht gähnend entgegen.
»Diese Abenteuer sind doch toll, oder?«, grummelte er leise. »Ich würde am liebsten wieder in mein Bett zurück krabbeln.« Er trug dieselbe dicke Kleidung wie Oliver.

»Pssst«, ertönte es vom Ende des Flurs her. Quovadis winkte die beiden Freunde ungeduldig zu sich. Er sah ebenfalls so aus, als ob er sich zum Nordpol begeben würde. »Kommt schnell, und seid leise!«

Grimassen ziehend und sich gegenseitig angrinsend schlichen Oliver und Bartolomäus übertrieben vorsichtig auf den Zehenspitzen durch den Flur.

»Seid doch leise, wir wollen nicht, dass noch jemand aufwacht! Kommt jetzt.«

Kurze Zeit später standen sie vor einer Tür ohne Klinke.

»Ein Rhythmenschloss«, sagte Quovadis. Er trommelte einen komplizierten Rhythmus an die Tür, worauf diese aufschwang. Oliver blickte in eine riesige Halle. In der Mitte lag ein großer, aus Rohr geflochtener Korb umgekippt am Boden. Ein merkwürdiges Gestell aus Eisen war daran befestigt. Ein Großteil des Bodens war bedeckt mit großen Bündeln aus Stoff und Seilen. Plötzlich schaute ein fröhliches Gesicht aus dem Korb.

»Da seid ihr endlich. Ich dachte schon, der Spaß würde gar nicht erst beginnen.«

Bartolomäus versetzte Oliver einen Stoß.

»Ein Mädchen«, flüsterte er. »Ein Mädchen! Was soll denn das nun wieder?«

Sie kletterte gelenkig heraus, richtete sich auf und kam auf die beiden Freunde zu.

Etwa fünfzehn Jahre war sie alt, schätzte Oliver. Sie hatte dunkles Haar und die frechsten Augen, die er je gesehen hatte.

»Hallo, ihr müsst Oliver und Bartolomäus sein. Mein Name ist Aurora und ich bin euer Pilot während dieser Fahrt.«

»Pilot?« Oliver und Bartolomäus sahen sich an.

»Ja«, rief Aurora, »Pilot, Flieger, Luftfahrer.« Sie warf einen Blick auf den Zauberer. »Sie haben den beiden bestimmt

wieder nichts davon erzählt, hab ich Recht? Sie müssen aber auch aus allem ein Geheimnis machen!«
Quovadis lachte. »Aurora und ich kennen uns schon seit Jahren. Sie ist ziemlich frech, aber da gewöhnt man sich dran.«
Aurora zuckte mit den Schultern. Mit schalkhaftem Blick sagte sie: »So, also ihr beide werdet jetzt Kratau vernichten? Mutig von euch, sehr mutig sogar. Ich bin gottfroh, dass ich damit nichts zu tun haben werde. Ich soll euch bloß abliefern.«
Oliver lachte. Er betrachtete das Mädchen mit großen Augen. Er hatte das Gefühl, dass sie genau das tat, was ihr Spaß machte. Pilot!
»Es ist schon spät«, sagte sie zu Quovadis. »Kommt, wir werfen den Brenner an, und dann geht's los.«
Neugierig ging Oliver auf den Korb zu, der viel größer zu sein schien, als er gedacht hatte. Instrumente, Hebel und runde Anzeigentafeln waren an einer Seite aufgebaut. Auf der anderen Seite lagen Proviant und Decken. Dazwischen befanden sich an den Korbwänden entlang lauter große, eiserne Flaschen.
»Geht zur Seite, Jungs«, rief Quovadis. Gemeinsam mit Aurora kontrollierte er das eiserne Gestell und den Sitz der Seile. Das Mädchen verschwand in dem Korb und begann allerhand Schläuche zu befestigen. Oliver und Bartolomäus schauten dabei zu.
»Fertig!«, rief sie in Quovadis' Richtung. Der Zauberer nickte und nahm einen großen Ring vom Boden auf. Das Segeltuch hob sich ebenfalls vom Boden. »Fertig!«, rief der Zauberer.
Aurora legte einen Hebel um, drückte auf einen Knopf und mit einem Mal schoss eine riesige Stichflamme unter lautem Getöse aus dem eisernen Gestänge über dem Korb in die Höhe. Die Flamme war auf die Mitte des Ringes gerichtet, den Quovadis mit unerschütterlicher Ruhe emporhielt. Oliver und Barto-

lomäus wichen erschrocken ein paar Schritte zurück. Hinter Quovadis begann das Tuch sich langsam aufzubauschen.
»Warme Luft«, rief er Oliver und Bartolomäus zu, »dehnt sich aus und ist leichter als kalte Luft. Dadurch fliegt der Ballon.«
»Ein Heißluftballon!«, rief Bartolomäus.
Oliver nickte. Er hatte natürlich schon davon gehört, aber noch nie einen aus der Nähe gesehen.
Fünf Minuten später stand der Korb aufrecht und der Ballon füllte die ganze Halle aus. Aurora bewegte einen Hebel und die Flamme wurde kleiner und leiser.
»Jungs, kommt schnell an Bord, beeilt euch.«
Oliver und Bartolomäus kletterten in den Korb. Quovadis lief zur Wand und drehte an einem Rad. Das Dach der Halle öffnete sich. Oliver konnte dunkle Wolken erkennen. Quovadis kletterte auch in den Korb und grinste die beiden Jungen an: »Schöne Überraschung, was?«
Er nickte Aurora zu, die den Hebel wieder umlegte. Die Flamme schoss empor. Der Korb hob zögernd vom Boden ab.
Oliver schaute über den Rand des Korbes und sah den Fußboden sich immer weiter entfernen. Kurze Zeit später verschwanden auch die Wände der Halle und sie befanden sich weit oben über dem Palast. Aurora schloss den Gashahn, und mit einem Mal war es dunkel und totenstill.
Langsam und unsichtbar trieben sie über der Stadt dahin, über das Wasser, von einem leichten Westwind getragen. Schon bald passierten sie das Ufer und fuhren über die ersten Ausläufer der Wälder im Osten der Stadt hinweg. Der Ballon begann allmählich zu sinken und bewegte sich auf die Baumwipfel zu, doch Aurora unternahm nichts.
»Das Licht und das Geräusch der Flamme erregen ziemlich viel Aufsehen«, flüsterte sie. »Wir warten bis zur letzten Sekunde,

dann sind wir weit genug von der Stadt und jeglicher Zivilisation entfernt.«
Sie weiß genau, was sie tut, dachte Oliver. Er war ziemlich von ihr beeindruckt.
Es war sehr kalt in dieser Höhe und alle zogen ihre Jacken an. Oliver bewunderte die prächtige Aussicht. Ab und zu brach ein bisschen Mondlicht durch die dichte Wolkendecke, gerade genug, um die schlafende, im Wasser treibende *Stadt des puren Platins* erkennen zu können.
Ein paar Minuten später streiften die ersten Zweige den Boden des Korbes. »Jetzt«, sagte Quovadis.
Aurora versetzte dem Hebel einen leichten Stoß und eine kleine Flamme schoss empor. Oliver spürte, wie der Ballon fast sofort reagierte. Sie trieben weiter dahin und die *Stadt des puren Platins* wurde immer kleiner und kleiner. Alle paar Minuten ließ Aurora die Flamme etwas größer werden und stieg der Ballon schneller in die Höhe. Es dauerte nicht lange, da war das Land unter ihnen ganz und gar unsichtbar.
»Das hat gut geklappt«, sagte sie zu Quovadis. »Ich glaube nicht, dass uns jemand gesehen hat.« Sie bückte sich und öffnete die Taschen mit Proviant. »Ich weiß nicht, wie es euch geht, aber ich habe immer großen Hunger nach einem so gelungenen Start!« Sie holte Kannen mit warmem Tee und dick mit kaltem, gewürztem Huhn belegte Brote hervor. »Nichts schmeckt besser als ein Frühstück in fünfzehnhundert Metern Höhe«, grinste sie. Sie war offensichtlich ganz in ihrem Element.
Bartolomäus war an dem Ballon sehr interessiert und wollte alles darüber wissen.
»In den eisernen Flaschen befindet sich der Brennstoff«, erklärte Aurora, »der über diese Schläuche dem Brenner zugeführt wird.« Sie zeigte auf das Gestell über ihren Köpfen. »Das Feuer

erwärmt die Luft in dem Ballon. Warm bedeutet höher, kalt bedeutet niedriger. Ganz einfach.«

»Und wie ist das mit der Fahrtrichtung?«, wollte Bartolomäus wissen.

»Wir haben meistens Westwind, so wie jetzt«, sagte das Mädchen. »Das heißt, dass der Wind vom Westen her zum Osten hin bläst. Aber das Schöne an der Sache ist, dass, je höher man kommt, der Wind sich dreht, und zwar im Uhrzeigersinn. Also können wir eigentlich immer ein bisschen lenken, höher bedeutet nach rechts, niedriger nach links. Auch ganz einfach!«

Bartolomäus war von allem begeistert. »Ich möchte auch Luftfahrer werden«, sagte er zu Oliver. »Eine Firma gründen mit lauter Heißluftballons. Hunderte von Ballons, in allen Farben des Regenbogens, über das ganze Königreich verstreut. Und dann natürlich auch selber fliegen.«

Den ganzen Tag fliegen, wohin der Wind einen weht, dachte Oliver. Luftfahrer werden, gemeinsam mit Bartolomäus. Vielleicht hatte Aurora auch Lust, mit einzusteigen. Kein Baron, kein Zauberer, nein – Luftfahrer.

»Ich mache mit«, lachte er.

Eifrig über ihr Ballonimperium schwatzend flogen sie durch den letzten Hauch von Nacht weiter Richtung Osten, Krataus Reich entgegen.

Krähen

Mit jeder Stunde kamen die *Berge der eisigen Ewigkeit* näher. Es war schon spät am Nachmittag und sie folgten dem langgezogenen Schatten des Ballons am Boden. Aurora war zufrieden. Sie lagen genau im Zeitplan und hatten noch genügend Brennstoff zur Verfügung. Und nach Aussage von Bartolomäus, der die Route überwachte, befanden sie sich noch immer auf dem richtigen Kurs.
Quovadis stand schon seit einiger Zeit am Rande des Korbes, drückte ein Fernglas an sein Auge und rührte sich nicht. »Hier, schau du doch mal«, sagte er zu Oliver, »vielleicht hast du bessere Augen als ich.«
Oliver nahm das Fernglas und schaute in die angewiesene Richtung. Das Bild war etwas verschwommen und er stellte das Fernglas scharf. Die *Berge der eisigen Ewigkeit* kamen auf ihn zu.
»Wonach muss ich denn Ausschau halten?«, fragte er.
»Geradeaus. Eine winzig kleine schwarze Wolke. Manchmal kann man sie vor dem weißen Schnee erkennen.«
Oliver starrte durchs Fernglas, bis seine Augen zu tränen begannen, aber er konnte nichts erkennen.
»Lass mich auch mal schauen«, sagte Bartolomäus. Doch auch er sah nichts.
»Wahrscheinlich habe ich es mir nur eingebildet«, brummte Quovadis. Für den Rest des Abends blieb sein Gesichtsausdruck jedoch besorgt.

Das Abendessen bestand aus kaltem Tee und sehr kalten Brötchen.

»Ich hoffe, dass es auf Heliopost etwas wärmer ist«, bibberte Bartolomäus.

Oliver war froh um die Mütze und die Handschuhe. Sein Atem kam in weißen Wölkchen aus seinem Mund.

»Es wird in den nächsten Stunden nur noch kälter«, sagte Aurora. »Ich werde uns ein Stück weiter nach unten bringen, das macht von den Temperaturen her einiges aus. Allerdings dauert es dann eine Stunde länger, bis wir auf Heliopost ankommen. Den Kurs kann ich morgen früh korrigieren.« Sie schaltete den Brenner aus und ließ den Ballon auf fünfhundert Meter heruntersinken. Die Geschwindigkeit des Ballons nahm etwas ab. Das Thermometer stieg langsam um ein paar Grad an.

»Schon besser«, sagte Bartolomäus, »viel besser.«

So schwebten sie in die Nacht hinein.

Weit nach Mitternacht hielten Oliver und Bartolomäus zusammen Wache. Quovadis saß in Decken gewickelt auf dem Boden des Korbes und schnarchte. Aurora bediente die Instrumente und überwachte den Kurs. Dünne Wolkenfetzen trieben hoch über dem Ballon durch die Luft. Es war eine unglaublich klare Nacht. Im Osten reichten die dunklen Hänge der *Berge der eisigen Ewigkeit* bis zu den Sternen. Sie rückten Stunde um Stunde näher.

Oliver zeigte darauf. »Glaubst du, dass Kratau wieder über die Berge gezogen ist?«

»Wenn man es eilig hat, reitet man die Strecke in zwei Tagen«, antwortete Bartolomäus. »Und der Angriff in der *Stadt des puren Platins* war vor vier Tagen. Aber er muss an den Soldaten beim Portalpass vorbei.«

»Ich glaube, dass das für jemanden wie Kratau nicht besonders schwierig ist.«
Es herrschte Totenstille. Es war, als ob der Ballon in der Luft stillstehen und die Landschaft unter ihnen sich wie bei einem Karussell endlos weiterdrehen würde. Die Laubwälder waren riesigen Nadelwäldern gewichen. Hier und da schauten kahle Felsen zwischen den Bäumen hervor. Der Hang unter ihnen wurde immer steiler. Es würde nicht mehr lange dauern, und sie würden wieder höher fliegen müssen.
Oliver zog seine Jacke dichter um sich und starrte gedankenverloren auf die Landschaft.

Der Angriff kam völlig unerwartet, wie aus dem Nichts. Gerade schwebten sie noch ruhig dahin, und im nächsten Moment war die Luft voller schwarzer, krächzender Krähen, die sich mit weit geöffnetem Schnabel und ausgestreckten Krallen auf den Ballon stürzten. Ihr Kreischen kam von überall her. Quovadis schoss in die Höhe, mit einem Mal hellwach. »Was ist los?«
»Krähen!«, rief Bartolomäus. »Wir werden angegriffen!«
Über ihren Köpfen begann der Ballon gefährlich zu schwanken. Einer der Vögel schlug seine Krallen in Olivers Schulter und versuchte ihm ins Gesicht zu picken. Er streckte die Hand aus, und plötzlich wurde der kreischende schwarze Vogel wie weggerissen.
»Oliver! Wehr dich! Die Erste Fertigkeit!«
Doch Oliver stand schon bereit, die Arme weit ausgestreckt.
»Bartolomäus, leg dich hin!«, rief er. »Aurora, sie wollen uns abstürzen lassen.«
Das Mädchen sprang nach vorne und drehte das Feuer ganz auf. Oliver konzentrierte sich und spürte, wie seine Kräfte anwuchsen. Mit einem Mal schossen weiße Lichtstrahlen aus seinen

Fingerspitzen. Zahllose Krähen stürzten flatternd zur Erde. Der Ballon schwankte noch heftiger. Über ihren Köpfen ertönten Geräusche von reißendem Stoff. Die übrig gebliebenen Krähen flogen nach oben, aus der Reichweite von Olivers vernichtendem Licht.

Mit einem Ruck sank der Ballon einige Meter in die Tiefe und begann langsam nach unten zu fallen. Aurora schnappte eine eiserne Gasflasche nach der anderen und warf sie so schnell sie nur konnte über Bord.

»Schnell!«, kreischte sie, »werft alles über Bord, wir müssen an Gewicht verlieren!«

Quovadis packte immer zwei Flaschen auf einmal, während Bartolomäus den Proviant und die Decken über die Korbwand kippte.

Der Ballon sank noch immer, Oliver spürte es im Magen.

»Hundert Meter!«, schrie Aurora. Oliver zerrte an der Instrumententafel, doch die ließ sich nicht lösen. Sie konnten nichts mehr unternehmen, um das Gewicht zu reduzieren. Über ihren Köpfen toste noch immer die Feuersäule, genährt von dem Brennstoff aus der letzten Flasche.

Aurora schaute aus dem Korb. »Haltet euch fest!«

Eine Sekunde später stürzten sie mit einem gewaltigen Schlag in die Nadelbäume. Zweige brachen ab und flogen umher. Der Korb wurde zwischen den Ästen wild hin und her geschleudert, der Ballon sackte in sich zusammen. Auf dem Boden liegend trat Oliver mit aller Kraft gegen den Gashahn. Das Getöse der Feuersäule verstummte. Krachend und reißend zog das Gewicht des Korbes den Stoff der Ballonhülle nach unten. Seile verstrickten sich in den Ästen und rissen mit einem Knall.

Mit einigem Ruckeln kam der Korb zum Stillstand, sie hingen schwankend zwischen den Nadelbäumen. Der Himmel war

kaum noch zu erkennen. Der Korb war schwer beschädigt und Fetzen des Ballontuches umhüllten sie.
Die wenigen verbliebenen Krähen kreisten kreischend über den Baumwipfeln, offensichtlich darüber empört, dass sie ihre Beute nicht mehr sehen konnten.
»Ist alles in Ordnung bei euch?«, fragte Aurora. Sie schaute über den Korbrand. »Wir hängen in etwa zwanzig Metern Höhe über dem Boden. Wir müssen hier raus. Bald wird der Ballon noch weiter reißen und dann würden wir doch noch am Boden zerschellen.«
»Donnerwetter!«, rief Quovadis. »Raus hier!«
Er ging mit gutem Beispiel voran und kletterte über einen kräftigen Ast in den nächsten Baum. Oliver stieg etwas steif nach unten, noch immer ziemlich benommen von dem Schock.
Einige Meter weiter unten wurden die Äste der Bäume etwas kahler. Oliver sprang zu Boden und landete auf einer dicken Schicht abgefallener Nadeln. Er horchte angespannt. Die Geräusche der Krähen verstummten.
»Diese Biester werden uns vorerst in Ruhe lassen«, sagte Quovadis.
»Mein Ballon wurde noch nie von Vögeln angegriffen«, meinte Aurora. »Ich versteh das gar nicht. Zum Glück sind wir nicht so hoch geflogen, sonst hätten wir das hier nicht überlebt.«
»Diese Krähen wussten ganz genau, was sie zu tun hatten«, brummte Quovadis. »Sie wurden von Kratau geschickt. Er setzt sie als Spione ein.«
»Ach ja? Aber woher wussten sie, wo wir uns befinden?«, fragte Bartolomäus. »Das war ja eine gelungene Täuschung!«
»Eines ist jedenfalls sicher: Wir sollten so schnell wie nur möglich von hier verschwinden.« Aurora schaute sich um.
»Wieso?«, wollte Oliver wissen.

»Das ist doch logisch«, erwiderte das Mädchen. »Wenn dieser Angriff tatsächlich von Kratau ausging, dann will er bestimmt sichergehen, dass wir ihn nicht überlebt haben. Und da die Krähen von dem dichten Geäst aufgehalten werden …«
»… sind höchstwahrscheinlich Plorks hier in der Nähe«, beendete Quovadis ihren Satz. »Wenn Kratau in der Lage ist, unbemerkt den Portalpass zu überqueren, dann können kleinere Einheiten von Plorks das auch. Auf jeden Fall, wenn er ihnen dabei hilft. In welche Richtung müssen wir jetzt gehen?«
Bartolomäus zeigte es ihm. »In diese Richtung, bergauf.«
Sie folgten ihren Schatten durch den Wald. Die Tannennadeln dämpften alle Geräusche. Das Einzige, was Oliver hörte, war sein eigener Atem und das leise Reiben seiner Kleidung. Er fühlte sich entmutigt und deprimiert. Aber er war vor allem auch wütend. Ihr schlauer Plan war geplatzt! Und das schon jetzt. Ohne Ballon würden sie die *Berge der eisigen Ewigkeit* niemals überqueren können. Was würde sein Vater wohl von ihm halten? Und der König? Sie zählten doch alle auf ihn.
Irgendjemand musste dem Dreizehnten Zauberer Informationen zuspielen, das war die einzige Erklärung. Wenn er diesen Spion zu fassen bekäme!
»Halt!«, hörte er jemanden flüstern. »Dort«, zeigte Quovadis. Ein Stück weiter vorne wichen die Bäume etwas auseinander. Es war dort heller und man konnte den Himmel wieder sehen. Überall lagen große Felsblöcke verstreut. »Da hat sich etwas bewegt«, raunte Quovadis, »links von diesem großen Baum.«
»Ein perfekter Platz, um sich zu verstecken«, murmelte Bartolomäus.
»Wir müssen daran vorbei«, sagte Quovadis. »Wir gehen ein Stück zurück und dann nach links.«
Sie drehten sich um und schlichen in den Wald zurück.

»Halt«, ertönte eine laute Stimme. »Ihr seid umzingelt!« Im selben Augenblick leuchteten mehrere Fackeln auf. Die vier Abenteurer standen gefangen in einem Kreis aus hellem Licht. Am Rande des Lichtkreises waren große Gestalten erkennbar, alle mit der Armbrust im Anschlag.
Oliver hob reflexartig die Arme in die Luft, bereit, seine Freunde mit allen Fertigkeiten zu verteidigen, da legte Quovadis eine Hand auf seine Schulter.
»Warte!«
Eine der Gestalten machte einen Schritt nach vorne. »Königlicher Ratgeber?«
Quovadis' Gesichtszüge entspannten sich. »Olin! Welch ein Glück! Unser Ballon ist abgestürzt. Wir brauchen dringend Schutz.«
Der Mann trat in den Lichtkegel und ließ seine Armbrust sinken. Er hatte ein kantiges Gesicht und intensiv graue Augen. Oliver erkannte die Uniform jetzt wieder: die Königliche Garde. Die Uniform war jedoch nicht himmelblau, sondern grau und grün. Auf der linken Brust war ganz klein das königliche Wappen eingestickt, ein gold- und scharlachfarbener Löwe.
Der Gardeoffizier verneigte sich vor Quovadis. »Königlicher Ratgeber, ich hatte nicht erwartet, Sie hier anzutreffen.«
»Olin ist der Kommandant von Heliopost«, sagte Quovadis.
Der Offizier nickte. »Wenn Sie uns bitte folgen würden. Es wird bereits in einer Stunde hell und es sind Plorks in der Nähe.«

Heliopost

Eine halbe Stunde später und ein ganzes Stück weiter oben hockte Oliver hinter einem schneebedeckten Felsen am Rande einer engen Spalte. Olin und seine Soldaten sicherten sorgfältig die gesamte Umgebung.
»Ist das hier der Eingang?«, flüsterte Bartolomäus.
Oliver zuckte mit den Schultern. »Ich denke schon.«
»Pssst!«, zischte Quovadis.
Olin gab ein Zeichen und der erste Gardist verschwand über den Rand der Felsspalte. Einer nach dem anderen wurden sie verschluckt. Oliver schlich hinter ihnen her. Knapp unterhalb des Randes konnte er natürliche Stufen erkennen, geschickt verborgen durch das Schattenspiel der umgebenden Felsen. Er kletterte vorsichtig nach unten, den Soldaten hinterher. Der Rest der Reisegesellschaft folgte ihm, die dunkle Landschaft still hinter sich zurücklassend.

Ein paar Meter weiter, sogar für den geübtesten Blick unsichtbar, verfolgten zwei schwarze Knopfaugen triumphierend das Geschehen. Als der letzte Soldat verschwunden war, hüpfte die schwarze Krähe vorsichtig aus der dunklen Felsspalte und flog mit langen Flügelschlägen geräuschlos davon.

Die Treppe endete am Boden der Felsspalte. Oliver durchquerte einen eiskalten Bach, der sich mittendurch schlängelte.

»Bartolomäus, schau mal dort, eine Höhle.«
Als sie sich näherten, konnten sie Wachtposten erkennen. Oliver sah vier schwer bewaffnete Soldaten, die den schmalen Eingang von Heliopost bewachten. Sie ließen die Reisegruppe in die Höhle hinein und begannen ein flüsterndes Gespräch mit Olin.
Der Raum war größer, als Oliver erwartet hatte, ein aus dem Felsen gehauenes Zimmer, mit unregelmäßigem Fußboden und rauen Wänden. Am Ende des Zimmers sah er einen schwach beleuchteten Gang, der in das Innerste der *Berge der eisigen Ewigkeit* führte. Ein Blick auf seinen Kompass zeigte ihm, dass dieser genau in östlicher Richtung verlief.
»Ist es noch weit?«, fragte Oliver Quovadis.
Der Zauberer schüttelte den Kopf. »Der Gang dort führt ins Innerste dieses Berges.«
»Und wie geht es dann weiter?«, fragte Bartolomäus. »Heliopost liegt doch oben auf dem Berg, oder nicht? Wir müssen irgendwie nach oben gelangen.«
»Es wurde an alles gedacht, Bartolomäus.«
Olin trat in die große Höhle und winkte ihnen.
»Kommt«, sagte Quovadis, »es geht weiter.«

»Wir befinden uns jetzt genau unter dem Gipfel des Berges.«
Oliver schaute nach oben. Über seinem Kopf sah er einen düsteren Schacht. Dicke Seile verschwanden in der Dunkelheit und ein leichter Wind streifte sein Gesicht. Er begann zu lachen.
»Das ist ein Aufzugsschacht!«
Olin nickte.
Oliver zeigte auf die einfache hölzerne Plattform, die auf dem Boden lag. »Müssen wir uns da draufstellen?«
»Ja, wir können alle auf einmal hochfahren.«
»Das sieht aber ganz schön wacklig aus«, sagte Bartolomäus.

»Es ist aber auf jeden Fall besser als Treppensteigen.«
»In der Mitte aufstellen«, befahl Olin, »und streckt ja nicht die Hände nach außen.«
Alle stiegen auf die Plattform. Olin nickte einem seiner Männer zu. Ein Hebel wurde umgelegt und plötzlich schoss die Plattform nach oben. Die Mauer wurde zu einer Linie.
»Wie weit geht es nach oben?«, fragte Oliver und schluckte.
»Fast tausend Meter«, war die kurze Antwort.
Sie waren sehr schnell. Der Wind zerwühlte Olivers Haare. Bartolomäus grinste breit. Die Soldaten, die das alles schon oft mitgemacht hatten, schauten ungerührt geradeaus.
Oliver hörte ein pfeifendes Geräusch, das immer lauter wurde. Plötzlich schoss ein steinernes Ungetüm nicht mal einen Meter von der Plattform entfernt an ihnen vorbei.
»Wir sind jetzt auf halber Höhe«, rief Quovadis. »Das war das Gegengewicht. Das Gewicht geht nach unten, und dadurch fahren wir nach oben.«
Es dauerte nicht mehr lange, da nahm ihre Geschwindigkeit bereits ab. Bartolomäus machte es noch immer riesigen Spaß. »Noch mal!« Alle lachten, sogar Olin. Kurz darauf hielten sie mit einem kleinen Ruck an.
»Willkommen auf Heliopost.«
Oliver trat von der Plattform herunter und schaute sich neugierig um.
Proviant, Kleider, Taubenkäfige und Waffen waren entlang der runden Mauer aufgestapelt, die an manchen Stellen lange Risse zeigte. Eine Tür aus schwarzem Metall stand einen Spaltbreit offen. Sonst war der Raum hauptsächlich mit einem riesigen Tisch, Stühlen und ein paar Feldbetten voll gestellt. An der kuppelförmigen Decke konnte man vage die Abbildungen von Planeten und Sternen erkennen.

Doch das Ding in der Mitte des Raumes war am faszinierendsten. Es war ein riesiges Teleskop, ganz und gar aus mattem, gelblichem Kupfer. Eine Treppe aus Metall führte ganz darum herum und überall befanden sich Zahnräder, schwarz gefärbt vom Öl. Bartolomäus und Aurora gingen mit weit geöffnetem Mund darauf zu.
»Das ist ja unglaublich!«, rief Oliver. »Und Kratau weiß gar nichts davon?«
Quovadis schüttelte den Kopf. »Wohl kaum. Heliopost wurde vor etwa zweihundert Jahren erbaut. Und damals befand sich Kratau bereits ein Jahrhundert lang in Gefangenschaft. Doch das spielt jetzt alles keine Rolle mehr.«
»Wieso nicht?«
»Unser Ballon ist kaputt, Oliver. Wir sitzen fest und können nicht weiter. Wir haben keine Chance mehr.«

Der Anblick des Feindes

Nach einigen Stunden Schlaf wachte Oliver schweißgebadet auf. Er hatte wieder den gleichen furchtbaren Alptraum gehabt. Ein dunkler Schatten näherte sich ihm mit hasserfüllten Augen. Er versuchte wieder wegzulaufen, doch auch diesmal gelang es ihm nicht.
Mühsam stand er auf. Seine Muskeln waren steif und seine blauen Flecken schmerzten sehr. Er schlurfte zum Tisch.
Bartolomäus unterhielt sich wild gestikulierend mit Aurora. Als er Oliver erblickte, rief er ihn zu sich.
»Oliver, irgendjemand muss zurückgehen und den Ballon holen. Wenn wir ihn reparieren, können wir weiterfahren.«
Aurora seufzte. »Bartolomäus, zum letzten Mal, der Ballon ist nicht mehr zu reparieren. Der Korb ist kaputt, das Segeltuch völlig zerfleddert, und soweit ich weiß ist auch das eiserne Gestell total verbogen.« Sie schüttelte ihre schwarze Mähne. »Glaub mir doch, es ist unmöglich, den Ballon zu reparieren.«
Oliver setzte sich neben das Mädchen. »Ich befürchte, dass Aurora Recht hat, Bartolomäus. Es ist endgültig vorbei.«
»Ihr gebt viel zu schnell auf!«, sagte Bartolomäus wütend. »Ein Fehlschlag, und schon macht ihr nicht mehr weiter.« Er schüttelte trotzig den Kopf. »Es muss noch einen anderen Weg geben, um die *Berge der eisigen Ewigkeit* überqueren zu können.«
»Es existiert kein anderer Weg, Bartolomäus. Gib doch endlich auf.«

»Doch, es geht«, erwiderte Bartolomäus, »wir sind nur noch nicht darauf gekommen.« Er stand auf und stapfte wütend davon.
»Bartolomäus!«, rief Oliver noch, aber sein Freund war schon durch die Tür nach draußen verschwunden.

Kurze Zeit später wurde Quovadis wach und gesellte sich zu ihnen.
»Kommt ihr mit? Ich möchte wissen, was ich durch das Teleskop so alles sehen kann. Wo ist eigentlich Bartolomäus?«
»Draußen«, antwortete Oliver.
»Er wurde wütend, als wir ihm erzählten, dass wir unmöglich weitermachen können«, ergänzte Aurora.
»Die besten Ideen werden aus Trotz oder aus der Not heraus geboren«, sagte Quovadis. Er stand auf. »Kommt!«
Sie gingen zum Teleskop. Die beiden Hälften der kuppelförmigen Decke waren ein Stück weit auseinander geschoben. Durch die schmale Öffnung war ein Streifen des hellblauen Himmels zu sehen.
Oliver konnte deutlich erkennen, dass die Funktion des Instruments abgeändert worden war. Ein normales Teleskop zeigte von unten nach oben. Doch bei diesem war es genau andersherum. Das Gestell, auf dem das Fernrohr ruhte, war erhöht worden. Das Okular, mit dem man durch das Teleskop schauen konnte, befand sich ganz weit oben in der Kuppel. Und das andere Ende, die Linse, war über die Mauern von Heliopost hinweg nach unten gerichtet.
Über eine schmale, eiserne Treppe erreichte man das Okular. Dort beobachtete ein Soldat die weite Landschaft des Dreizehnten Königreichs. Hin und wieder schrieb er etwas auf.
Sie kletterten abwechselnd nach oben. Aurora machte den Anfang. Als sie fünf Minuten später den Platz für Quovadis freigab, sah Oliver, dass das Mädchen sichtlich erschrocken war.

»Was ist denn los?«, fragte er. »Was hast du gesehen?«
»Das musst du dir selbst ansehen.«
Kurze Zeit später war Oliver an der Reihe. Der Soldat zeigte ihm, wie er das Teleskop schwenken und scharf stellen konnte. Er drückte sein Auge an das Fernrohr.
»Der Tafelberg«, sagte der Soldat.
Oliver sah die Ruinen der *Stadt des seidigen Silbers,* der ehemaligen Hauptstadt des Dreizehnten Königreiches. Die Stadt befand sich mitten auf dem Tafelberg, einem steinernen Plateau, das hoch über die Landschaft hinausragte. Von hier aus kommandierte Kratau also seine Heerscharen. Von hier aus schmiedete er seine Pläne. Und hier hatte Olivers Urururgroßvater einst regiert.
Er sah eine wüste Ansammlung von zertrümmerten Türmen, eingestürzten Häusern und Palästen, bröckelnden Mauern und abgesackten Wegen, alles dicht von Efeu und anderen Kletterpflanzen überwachsen. Eine Treppe wand sich wie eine Schlange um den Berg herum nach oben. Krähen zogen ihre Kreise über den höchsten Gebäuden, hier und da brannte ein großes Feuer. Aus dem Zentrum der Stadt stieg eine kilometerhohe schwarze Rauchsäule gen Himmel. Ansonsten waren keine weiteren Anzeichen von Leben erkennbar.
Oliver ergriff einen Hebel und zog ihn langsam zu sich hin. Auf knirschenden Zahnrädern drehte sich das Teleskop langsam nach links, zeitgleich mit der Kuppel der Sternwarte. Das Bild im Teleskop drehte sich mit.
Mit einem Mal erblickte er den Feind.
Fast wäre er einen Schritt zurückgewichen. Plorks! Sein Herz pochte wie wild. Er konnte kaum glauben, wie nah sie zu sein schienen. Das Teleskop war so stark, dass er sogar ihre Gesichtszüge erkennen konnte. Es waren große, grinsende Wesen mit

eisernen Helmen, wilden Augen und langen, flatternden Haaren. Sie trugen alle ein Beil in den muskulösen Händen, ein Schwert und einen Hammer in ihrem Gürtel und zogen Kanonen mit sich. Sie waren ein ganzes Stück größer, als er sie sich vorgestellt hatte, und anscheinend sehr viel gefährlicher.
Oliver drehte an einem Rad. Die Plorks wurden kleiner und das Panorama größer. Da bekam er zum ersten Mal einen Eindruck von der Bedrohung dort draußen. Ihm fiel die Kinnlade herunter. Die Heerscharen waren riesig. Tausende von Plorks marschierten in Richtung Portalpass nach Nordwesten.
Er ergriff wieder den Hebel und das Teleskop drehte sich weiter nach links. Der Zugang zum Portalpass kam ins Bild. Oliver sah eine große Zeltstadt, lauter blutrote Zelte mit schwarzen Bannern. Und überall waren Plorks, mindestens Hunderte von ihnen. Doch es bestand kein Zweifel, dass die Hauptstreitmacht noch nicht vor Ort war, dies konnte lediglich die Vorhut sein.
»Wie lange wird es dauern, bis sie den Portalpass erreicht haben?«, fragte er den Soldaten.
»Nicht mehr lange«, war die düstere Antwort. »Wir schätzen, nur noch ein paar Tage.«
Während er den Mechanismus betätigte und das Teleskop nach rechts schwenkte, überlegte Oliver. Bartolomäus hatte Recht. Sie mussten gewinnen. Sie hatten keine Wahl. Er konnte sich den Alptraum schon regelrecht ausmalen. Horden von Plorks, die in Schloss Obsidian eindrangen. Brandstiftung, Mord und Plünderungen in der *Stadt der mächtigen Mauern*. Was würden sie wohl mit seinem Vater anstellen?
Schweigend kletterte er wieder nach unten.
»Bartolomäus sitzt immer noch draußen«, sagte Quovadis. »Vielleicht magst du mal mit ihm reden?« Der Zauberer schien sich vorstellen zu können, was ihm durch den Kopf ging.

Oliver traf seinen Freund im Schnee an. Er saß auf einem Felsbrocken in der Sonne und biss konzentriert auf einer Feder herum. Auf seinem Schoß lag eine aufgeklappte Karte. Die Aussicht hier war grandios. Links und rechts schneebedeckte Berggipfel, so weit das Auge reichte. Zu ihren Füßen wand sich ein breiter Gletscher wie ein langer, träger Fluss nach unten in Richtung Osten. Der Tafelberg war in der Ferne schon erkennbar, doch ohne Teleskop war kein einziger Plork zu sehen. Die schwarze Rauchsäule war von dieser Entfernung aus als ein dünner, aber deutlicher schwarzer Strich in der blauen Luft erkennbar.

»Aha«, sagte Bartolomäus, als er seinen Freund bemerkte. Er klang nicht mehr wütend.

»Du hattest Recht. Wir dürfen nicht einfach aufgeben.« Oliver setzte sich neben Bartolomäus auf den Felsbrocken und kniff wegen der grellen Sonne die Augen zusammen. »Du solltest nachher mal einen Blick durch das Teleskop werfen. Dann wirst du verstehen, was ich meine.«

Bartolomäus nickte.

»Aber ich habe immer noch keine Ahnung, wie es jetzt weitergehen soll«, fuhr Oliver fort. »Du?«

Bartolomäus nickte. »Vielleicht schon. Aber es ist ziemlich gefährlich.«

»Was hast du vor?«

»Ich muss zuerst alles noch einmal genauer überdenken«, grinste Bartolomäus. »Und ich bin mir nicht so sicher, ob Quovadis von dieser Idee besonders begeistert sein wird.«

Oliver stand auf und klopfte den Schnee von seiner Hose. »Ich glaube, ich werde noch mal alle Fertigkeiten üben.«

Er ging hinein. Bartolomäus blieb in Gedanken versunken auf seinem Stein zurück.

Die Dukaten

Am nächsten Morgen wachte Oliver in aller Herrgottsfrühe auf. Die nächtliche Patrouille war noch nicht einmal zurückgekehrt. Aurora hatte sie, zusammen mit Quovadis, begleitet.
Nachdem sie die Plorks gesehen hatte, hatte sie sich noch mal Gedanken gemacht. »Ich muss hundertprozentig sicher sein, dass der Ballon nicht repariert werden kann«, hatte sie gesagt. »Stellt euch doch nur vor, was das bedeuten würde, wenn ich mich irre!«
Oliver stand auf und schaute sich um. Zwei Gardisten lagen in einer Ecke und schliefen. Bartolomäus saß alleine am Tisch und zeichnete konzentriert beim Schein einer Fackel. Der Rest von Heliopost war dunkel und wie ausgestorben.
Oliver blieb am Tisch stehen, die Hände in den Hosentaschen vergraben. »Was machst du da?«
»Meine Idee ausarbeiten.«
Oliver setzte sich. Er holte einen der goldenen Dukaten hervor und ließ ihn geschickt zwischen seinen Fingern hindurchwandern. »Erzähl!«
»Wir befinden uns hier, am Rande dieses Gletschers«, sagte Bartolomäus. »Und der verläuft ganz bis ins Tal, bis ins Dreizehnte Königreich hinein«, erklärte er.
»Ja und?«
»Wir bauen einen Schlitten und rutschen über den Gletscher die *Berge der eisigen Ewigkeit* hinunter!«

»Ein Schlitten!« Oliver lachte leise. »Glaubst du, dass das funktioniert? Es hört sich toll an!«

»Soweit ich weiß, hat das noch nie jemand ausprobiert«, brummte Bartolomäus, »und es ist weitaus gefährlicher, als es den Anschein hat. Das Eis ist voller Spalten. Aber ich bin der Meinung, dass wir es versuchen sollten.«

Oliver nickte. »Wenn die Patrouille zurück ist, fahren wir mit dem Aufzug nach unten. Wir brauchen Holz, um den Schlitten zu bauen.«

»Wenn es klappt, sind wir sehr schnell unten«, sagte Bartolomäus. »Ich habe mir die Route schon überlegt. Mit Hilfe des Teleskops war das ganz einfach. Wir steuern am besten immer die Flächen an und versuchen die Spalten zu meiden. Hier, schau her.«

Er schob eine von ihm selbst gezeichnete Karte über den Tisch. Oliver nahm sie entgegen und der goldene Dukaten entglitt seiner Hand. Die Münze plumpste in einen Becher mit Tee.

Mit angewidertem Gesicht fischte Bartolomäus den Dukaten aus dem Becher und gab ihn Oliver zurück. »Hier. Der ist bestimmt aus der Herberge *Himmel und Erde,* oder? Ich wusste gar nicht, dass du sie noch in der Tasche hattest.«

Oliver lächelte. »Unser Zaubertrick. Es scheint schon eine Ewigkeit her zu sein.«

»Zaubertrick? Zauberkunst, meinst du wohl«, lachte Bartolomäus. »Betrüger! Obwohl, dieser Händler hatte da ja auch einiges zu bieten. Weißt du noch, wie er das mit dem Bier gemacht hat?« Bartolomäus lachte. »Das Gesicht des dicken Wachtmeisters war echt köstlich, als er das Bier sah!«

Plötzlich fügte sich alles zu einem Bild zusammen. Die Angriffe, die Zufälle, einfach alles. Olivers Kinnlade fiel herunter.

»O nein«, jammerte er.

Bartolomäus schaute ihn erschrocken an.
Mit zitternden Händen holte Oliver den zweiten Dukaten aus seiner Tasche und legte ihn auch auf den Tisch. Seine Gedanken rasten ihm wie wild durch den Kopf. Er konnte sich mit einem Mal alles erklären. Sie hatten vom ersten Moment an, als sie Schloss Obsidian verließen, schon verloren. Und auch jetzt befanden sie sich in großer Gefahr. Das Geheimnis Heliopost war nicht mehr länger ein Geheimnis. Der Feind wusste darüber Bescheid. Kratau wusste darüber Bescheid. Er konnte sogar schon auf dem Weg dorthin sein.
»Was ist los, Oliver? Du bist ganz bleich! Was ist denn?«
»Der Händler«, sagte Oliver. »Das war kein Zaubertrick. Wir dachten, dass wir ihn überlisten würden, doch die ganze Zeit hat er uns hinters Licht geführt.«
Bartolomäus schüttelte den Kopf. »Was meinst du damit, es war kein Zaubertrick? Ich habe es doch selbst gesehen.«
Oliver holte ein paarmal tief Luft. Sein Herz hämmerte wie wild in seiner Brust.
»Kannst du dich noch an seine Augen erinnern, Bartolomäus? Dieser stechende Blick? Dieser Händler war Kratau!«
»Das gibt's doch nicht!«
Oliver schwieg einen Moment. »Die Dukaten sind verzaubert. Irgendwie hat er uns auf diese Weise verfolgen können.«
Bartolomäus ergriff die Münzen und betrachtete sie eingehend von allen Seiten. Plötzlich sagte er: »Es sieht fast so aus, als ...«
»Was?«
»Mach mal die Fackel aus.«
Oliver machte eine Bewegung mit der Hand. Ein Schatten legte sich über das flackernde Licht. Heliopost wurde stockdunkel.
Bartolomäus hob die Münzen in die Höhe.
»Siehst du das?«

Die Ränder der Münzen leuchteten fahl in der Dunkelheit, ein schmutzig grünes Licht.

Oliver schnippte mit den Fingern und der Schatten über der Fackel verschwand. »Ich hatte Recht«, stammelte er. »Die Münzen sind tatsächlich von Kratau verzaubert worden. Seine Krähen können sie aufspüren.«

»Es war eine Krähe am Waldfluss, kannst du dich erinnern?«, sagte Bartolomäus. »Deshalb erschraken auch die Pferde.«

»Stimmt. Und in der *Stadt des puren Platins* saß bei meinem Schlafzimmerfenster auch eine.«

»Und im Heißluftballon«, sagte Bartolomäus, »griff die erste Krähe dich an und nicht mich, Quovadis oder Aurora. Sie wurde von den Dukaten wie angezogen.«

»Ich hätte es ahnen müssen«, sagte Oliver. »Ich hätte es wissen müssen!«

Eine Zeit lang schwiegen die beiden Freunde. »Was nun?«, fragte Bartolomäus.

»Heliopost ist kein Geheimnis mehr«, antwortete Oliver. »Wir werden hier auch noch angegriffen werden.«

»Vielleicht haben wir Glück«, überlegte Bartolomäus. »Wir sind noch nicht so lange hier. Aber wir müssen so schnell wie möglich wieder aufbrechen. Die Münzen sind eine Gefahr für Olin.«

Oliver schüttelte den Kopf. »Ganz so einfach ist das nicht, Bartolomäus. Was machen wir dann mit den Dukaten?«

Unschlüssig starrte Oliver vor sich hin. Die Dukaten zurückzulassen war nicht möglich, sie mitzunehmen bedeutete Gefahr.

»Und was wird aus dem Schlitten?«, fragte Bartolomäus. »Haben wir noch genügend Zeit, einen zu bauen?«

Da wusste Oliver auch keine Antwort. Was sollten sie tun?

Die goldenen Dukaten lagen glänzend auf dem Tisch. Mit einem Seufzer steckte Oliver sie wieder in seine Hosentasche.

Mit einem Mal war Lärm im Aufzugsschacht zu vernehmen. Die nächtliche Patrouille war zurückgekehrt.
Aurora humpelte als Erste in den Raum. Sie sackte erschöpft auf dem Boden zusammen. Das Mädchen sah schrecklich aus. Ihr linkes Bein war verwundet, ihre Jacke hing in Fetzen an ihr herunter und sie hatte eine tiefe Schnittwunde an der Schulter. Trocknendes Blut färbte ihre Stirn dunkelrot.
Olin war ebenfalls verwundet. Sein Arm war nass von Blut. Zwei andere Soldaten mussten von ihren Kameraden gestützt werden. Als Letzter hinkte Quovadis aus dem Aufzug.
»Plorks?«, fragte Oliver.
»Plorks«, antwortete Quovadis grimmig.
»Sie haben uns beim Eingang angegriffen«, sagte Olin. »Zwei meiner Männer wurden getötet.« Er machte eine kurze Pause, während ein Soldat ihm den Arm verband. »Aurora hat uns das Leben gerettet.« Er nickte dem Mädchen dankbar zu. Trotz ihrer Schmerzen lächelte sie zu Oliver hinüber.
»Sie hat sie entdeckt, Sekunden vor dem Angriff. Ohne sie hätten wir den Plorks vielleicht nicht standhalten können.«
»Und die Plorks?«, fragte Bartolomäus.
»Die können nichts mehr weitererzählen«, sagte Quovadis. Er humpelte zum Tisch und ließ sich mit schmerzverzerrtem Gesicht auf einen Stuhl nieder. »Ich habe mir den Knöchel verstaucht.«
Überall war Blut, und das Stöhnen der Verwundeten erfüllte den Raum. Oliver hatte so etwas noch nie erlebt. So also sah der Krieg aus. Keine glänzenden Rüstungen und bunten Fahnen, sondern Schmerzen und Blut.
»Waren auch Krähen dort?«, fragte Bartolomäus.
»Wie bitte?«
»Krähen?«

Olin nickte. »Ja, über der Felsspalte, ich habe welche gehört.«
Er ließ sich auf einen Stuhl fallen und legte seinen verwundeten Arm vorsichtig auf den Tisch. Der weiße Verband färbte sich langsam rot. Seine Augen waren matt vor Erschöpfung. »Wieso?« Oliver holte die Münzen aus seiner Tasche und erzählte, was sie gerade entdeckt hatten.
»Ein fahler grüner Schimmer?«, fragte Quovadis. »Das riecht nach schwarzer Magie.« Er hörte sich besorgt an. »So einen Zauberbann kann man nie mehr aufheben.«
»Ich habe hier oben noch nie Krähen gesehen«, überlegte Olin, »das hier ist das Revier der Bergadler.«
Quovadis nickte.
»Aber sicher bin ich mir nicht«, fuhr Olin fort. »Bei Kratau weiß man nie. Ihr müsst so schnell wie möglich von hier verschwinden, zusammen mit diesen verfluchten Münzen.«
»Bartolomäus hat schon einen Plan«, sagte Oliver.
Bartolomäus erzählte von dem Schlitten. Olin schüttelte den Kopf.
»Einen Schlitten zu bauen dauert zu lange.«
»Dann gibt's nur eines«, sagte Quovadis. »Ihr müsst wieder zurück. Die Chance ist groß, dass Kratau euch in Ruhe lässt, wenn er merkt, in welche Richtung ihr geht.«
Oliver nickte düster. Das war's dann wohl. Wieder zurück.
»Wartet mal«, sagte Bartolomäus. Er rieb über das dicke Holz der Tischplatte. »Ich glaube, wir brauchen nicht zurückzugehen.«
»Wieso nicht?«
»Ich habe da eine Idee.«

Die Abfahrt

Sie waren wieder unterwegs.
Oliver lächelte zu Bartolomäus hinüber. Sein Freund grinste zurück. Sie saßen zwischen den Tischbeinen. Die Tischplatte rutschte über die Eisschicht. Hinter ihnen, weit über ihren Köpfen, wurde Heliopost immer kleiner.
Ein Tisch als Schlitten! Zwischen den Tischbeinen war ein Seil gespannt, das Stabilität und Halt verlieh. Sie hatten Rucksäcke, Decken und Proviant dabei. Und Oliver lenkte mit einer Spitzhacke, die er in den Schnee drückte, um zu bremsen oder eine Kurve zu fahren. Es war viel einfacher, als er ursprünglich angenommen hatte.
»Ich hoffe, es geht Quovadis gut«, rief er, »und Aurora auch.«
»Es ist irgendwie komisch, dass sie nicht mehr bei uns sind, findest du nicht auch? Vor allem Quovadis fehlt.«
Oliver nickte. Sie mussten nun alleine weitermachen. Er war froh, dass Bartolomäus dabei war.
»Das hier funktioniert wirklich gut!«, rief er. Bartolomäus lachte und breitete seine Karte auf den Knien aus. Hin und wieder gab er Oliver Anweisungen.
Auf dieser Höhe konnte Oliver den gesamten Gletscher überblicken, der sich wie ein riesiger, träger Strom zwischen den *Bergen der eisigen Ewigkeit* nach unten wälzte. Ihr Ziel war ein azurblauer See, der sich Tausende von Metern unter ihnen im Tal befand. Von diesem See aus schlängelte sich ein silbernes

Band in Richtung Tafelberg. Für ihn, der auf dem Flachland geboren und aufgewachsen war, war es das erste Mal, dass er etwas so Schönes erblickte. Die Umrisse der Berge zeichneten sich messerscharf gegen den wolkenlosen blauen Himmel ab. Sie schienen so nah zu sein, dass er sie beinahe berühren konnte. Der Schlitten war ein winziger Punkt auf einem ausgedehnten, graublauen See aus Schnee und Eis. Hier und da ragten Felsbrocken heraus, an denen er sie geschickt vorbeimanövrierte. Der Wind zerzauste seine Haare und die Morgensonne brannte ihm auf seine kalten Wangen. Trotz des Drucks, der auf ihm lastete, und der vielen Sorgen fühlte sich Oliver entspannt.
»Das ist ein gutes Zeichen.« Bartolomäus zeigte hinauf.
Mit ausgebreiteten Schwingen schwebten zwei Bergadler, vom Wind getragen, knapp über dem Bergkamm dahin. Die majestätischen Raubvögel beobachteten mit ihren scharfen Augen genauestens den Gletscher, die Berge und die Luft. Dies war ihr Lebensraum. Falls Krataus Krähen es wagen sollten, hier nach den beiden Freunden suchen zu wollen, würden sie sofort verjagt oder sogar getötet werden. Die Adler schwebten in ein Seitental hinein und verschwanden aus dem Blickfeld.
Oliver spürte, wie die Dukaten in seiner Hosentasche brannten. Die verteufelten Münzen erfüllten nach wie vor ihren Zweck, doch ohne Krähen in der Nähe waren sie für Kratau wertlos. Erst im Tal würde er ihre Spur wieder aufnehmen können.
Ein Gedanke nahm in seinem Kopf wie von selbst Gestalt an: Vielleicht konnten sie die Dukaten hier zurücklassen, irgendwo auf dem Gletscher! Dann würde es Kratau unmöglich sein, ihnen weiter zu folgen. Doch er erinnerte sich an Olins Worte: »Bei Kratau weiß man nie.« Was wäre, wenn er doch Krähen in diese Richtung schicken würde? Und falls dann eines dieser Biester die Münzen finden und den Bergadlern vielleicht doch

entkommen konnte? Dann würde Kratau sich ganz einfach erklären können, aus welcher Richtung sie gekommen waren. Und wo sie sich ungefähr befanden.
Oliver seufzte. Es war zum Verrücktwerden! Er würde sich etwas anderes einfallen lassen müssen. Etwas, womit Kratau ganz und gar nicht rechnete. Der finstere Zauberer musste getäuscht werden, wie Brandewin es erklärt hatte. Doch das war einfacher gesagt als getan. Oliver grübelte und grübelte, während der Schlitten mit kratzenden Geräuschen weiterglitt.

»Es geht viel schneller, als ich dachte.«
»Wo befinden wir uns jetzt genau?«, fragte Oliver.
Bartolomäus zeigte auf die Karte. »Wir haben die Strecke zur Hälfte hinter uns.« Sein Finger rutschte nach unten. »Ein kleines Stück weiter verläuft eine breite Gletscherspalte. Ich konnte nicht genau erkennen, ob wir drum herum fahren können.«
Oliver sah, dass bei der Gletscherspalte ein Fragezeichen eingetragen war. Er schaute auf und konnte die dunkle Öffnung ein Stückchen weiter vorne schon erkennen.
»In Ordnung«, sagte er, »dann halten wir jetzt mal kurz an.« Er stemmte die abgeflachte Seite der Spitzhacke in den Schnee und der Tisch hielt an. Festgezurrt mit einem Seil, das sich zwischen Tischbein und Spitzhacke spannte, war der Tisch kurz darauf gesichert, wie ein Schiff vor Anker.
Oliver genoss es, dass er sich mal strecken konnte. Die Tischplatte war hart und sein ganzer Körper war steif geworden. Er öffnete einen der Rucksäcke und holte etwas zu essen heraus, Äpfel, Kuchen und Käse.
»Ich wollte noch nie vom Tisch aufstehen, wenn ich Hunger hatte«, grinste Bartolomäus. Sie suchten sich eine weiche Stelle im Schnee und setzten sich in die Sonne.

Der Gletscher war hier breiter. Die Felsbrocken hatten eine glatte Oberfläche, abgeschliffen von jahrtausendelangem Wind, Schnee und Eis. Die Eisfläche glitzerte wie ein Diamant in der Sonne und Oliver zog seine Mütze noch tiefer ins Gesicht.
Bartolomäus stand auf. Einige hundert Meter weiter war ein Bruch im Eis erkennbar, der im Zickzack von ganz links bis ganz rechts über die gesamte Eisfläche verlief.
»Ich glaube, wir können nicht drum herum fahren.« Er setzte sich wieder und nahm sich einen Apfel.
»Was machen wir jetzt?«, fragte Oliver.
»Springen«, grinste Bartolomäus. »Wir steuern direkt so eine Erhebung an, am besten eine ganz nah am Rand der Spalte, und fliegen einfach drüber.« Er lachte fröhlich.
Über ihren Köpfen ertönte ein Schrei. Zwei riesige Schatten sausten über das Eis. Oliver schaute hoch und sah die beiden Bergadler, die schwebend den Gletscher überquerten.
»Wie gehen wir jetzt eigentlich vor wegen Kratau?«, fragte Bartolomäus. »Wir können doch nicht einfach bei ihm hineinspazieren und ihn bitten, sich zu ergeben?«
»Nein, wir werden ihn überraschen, Bartolomäus. Überraschen und täuschen.«
»Das wird aber schwierig wegen der Dukaten.«
Oliver stand auf und schaute zum Tafelberg in der Ferne. Die schwarze Rauchsäule hatte eine dreckige Wolke über den Ruinen der *Stadt des seidigen Silbers* gebildet, wie eine Art Dach, das einen immer währenden Schatten auf die ehemalige Hauptstadt warf. Wenn er Kratau besiegt hatte, solle er diese Wolke weiß färben, hatte Quovadis gesagt. Ein Zeichen, das die Heerscharen am Portalpass sehen könnten, das Zeichen, um die Plorks zu vernichten.
Er fühlte sich mit einem Mal klein und verletzlich vor dem

mächtigen Hintergrund des Gletschers und den *Bergen der eisigen Ewigkeit* mit ihren Wänden aus Granit. Würde sein Plan gelingen, der Plan, der immer mehr Gestalt annahm in seinen Gedanken?
Er schaute seinen Freund an. »Kratau ahnt allerdings nicht, dass wir Bescheid wissen über die Dukaten.«
»Sag das noch mal.«
Oliver wiederholte seinen Satz. »Kratau ahnt nicht, dass wir Bescheid wissen über die Dukaten.«
Bartolomäus setzte sich mit fragendem Blick neben ihn.
»Kratau ahnt nicht, dass wir Bescheid wissen über seine Dukaten«, sagte er noch einmal. »Und deshalb werden wir ihn vernichten!«
Hoch über ihren Köpfen schwebten die beiden Bergadler, neugierig die beiden Wesen betrachtend, die sich, auf einem Gletscher mitten im Gebirge sitzend, mit funkelnden Augen flüsternd unterhielten.

Eine halbe Stunde später saß Oliver voller Zuversicht wieder im Schlitten. Sie hatten einen Plan. Es war ein guter Plan, aber er war auch gefährlich. Er löste die Spitzhacke und sie glitten davon, immer schneller und schneller. Er lenkte etwas nach links und ließ den Schlitten weiter beschleunigen.
»So ist es gut!«, schrie Bartolomäus.
Die Gletscherspalte kam rasend schnell auf sie zu. Oliver sah jetzt, wie breit die Spalte war.
»Wir müssen noch schneller fahren!«
Oliver lachte. »Wir werden doch ständig schneller. Bleib hinten sitzen und halt dich gut fest. Gleich haben wir's geschafft!«
In rasendem Tempo schoss der Tisch über eine Erhebung und hob vom Boden ab. Oliver warf einen Blick auf den eisigen Ab-

grund, und schon waren sie auf der anderen Seite der Spalte angelangt. Mit einem gewaltigen Schlag landeten sie, und eine Fontäne aus Schnee stob meterweit in die Höhe.

Lachend drückte Oliver die Spitzhacke in den Schnee. »Das war fantastisch! Wenn alles vorbei ist, werde ich das noch mal machen, einfach so zum Spaß.«

Lachend rutschten sie weiter nach unten. Ehe sie es sich versahen, kam das Ende des Gletschers in Sicht. Der Boden wurde härter, er bestand nun mehr aus Eis als aus Schnee. Die Farben veränderten sich ebenfalls. Das Eis war grauer und schmutziger, als ob mehr Sand und Dreck in ihm eingeschlossen wären. Hier und da zogen schmale Bächlein tiefe Schmelzspuren durch das Eis.

»Endstation«, sagte Oliver. Er parkte den Tisch an einem Felsbrocken. Ein paar hundert Meter weiter lag der See glitzernd im Sonnenlicht, das Wasser war herrlich blaugrün und wurde von breiten Kiesstränden umrahmt. Fichtenwälder bedeckten die tiefer gelegenen Hänge des länglichen Tales.

Oliver hob nacheinander die Rucksäcke aus dem Schlitten und setzte seinen auf. Bartolomäus tat es ihm gleich. Dann gaben sie dem Schlitten einen kräftigen Schub und der Tisch schoss davon. Gemeinsam folgten sie ihm, bis er platschend im Wasser verschwand.

Vorsichtig kletterten sie weiter nach unten, und schon bald gab es mehr Felsen als Eis. Kurze Zeit später standen sie am Ufer des Sees. Oliver drehte sich um und schaute über den Gletscher nach oben. Es war kaum zu glauben, dass sie dieses ganze Stück innerhalb eines halben Tages zurückgelegt hatten. Seine Augen versuchten Heliopost zu finden, doch die kleine Sternwarte war unsichtbar. Vielleicht stand Quovadis jetzt dort am Teleskop und beobachtete sie. Oliver winkte kurz. Dann drehte er sich um und führte Bartolomäus in das Reich des Feindes.

Wo sind sie?

Durch die Gänge in Krataus Hauptquartier hallten Schreie unbändiger Wut. Sie dröhnten über bewachsene Treppen und durch eingestürzte Hallen. Die Plorks, die auf der Stadtmauer Wache hielten, duckten sich und hofften, dass die Wut des Zauberers jemand anderem galt. Sein Zorn war furchtbar. Wie ein paar Wächter bereits herausgefunden hatten, waren einige Dinge noch schlimmer als der Tod, sehr viel schlimmer.
In einem dunklen Keller, tief unter dem Palast, starrten zwei stechende blau-weiße Augen auf die schwarze Krähe, die zitternd auf der Kante eines Stuhles saß.
Krataus kalte Stimme dröhnte durch den Raum, das Kreischen der Krähen hallte von den Wänden wider, es wurde immer lauter und lauter. »Wo sind sie?! Ich will wissen, wo sie sind! Warum ziehen sie nicht über den Portalpass? Was machen sie denn dort, so weit im Süden? Was haben sie nur vor? Ich muss wissen, wo sie sind!«
In seiner machtlosen Wut schossen ihm unkontrollierte Lichtstrahlen aus den Fingerspitzen und schlugen direkt neben der Krähe in die Wand ein. Das Tier hüpfte nervös auf und ab.
»Geh! Und komm ja nicht zurück, ehe du sie gefunden hast!«
Erleichtert, dass er lebend davongekommen war, flatterte der Überbringer der schlechten Nachrichten aus dem Keller, fest entschlossen, die Spur der Dukaten so schnell wie möglich wieder aufzunehmen. Er schoss über die abbröckelnden Stufen

und durch ein scharf gezacktes Loch in der Decke hinaus in die dunkle Luft. Die anderen Krähen kreisten um einen der Türme. Kreischend berichtete die Krähe den anderen, was sie vernommen hatte.

Krataus Befehle waren Gesetz. Von dem Geräusch Dutzender Flügelschläge begleitet eilte die schwarze Wolke hinfort in Richtung Südwesten.

Das Land des Feindes

Oliver blieb stehen und wischte sich schnaufend den Schweiß von der Stirn. Das Unterholz war viel widerspenstiger, als er vermutet hatte. Es schien fast so, als wusste Krataus Land, was er vorhatte, und als versuche das Gestrüpp ihn aufzuhalten. Vielleicht hätte er doch eine andere Route wählen sollen. Er setzte sich mühsam inmitten des dichten Gebüschs und holte ein Stück Kuchen aus seinem Rucksack.
Während er langsam kaute, dachte er an seine Freunde. Er fragte sich, wie es ihnen wohl erging, vor allem Bartolomäus. Bartolomäus und er hatten sich erst vor ein paar Stunden getrennt, und er vermisste seine Gesellschaft schon jetzt, ebenso wie seine Schlauheit und seinen Humor. Doch es war nicht anders machbar. Dieser Plan war die einzige Möglichkeit, um Kratau zu vernichten.
Auf dem Gletscher in der Sonne war ihm alles noch so logisch erschienen, ein perfekter Plan, der nicht fehlschlagen konnte. Er war voller Zuversicht gewesen und absolut sicher, dass es ihnen gelingen würde. Doch jetzt, so ganz allein in den verwilderten Wäldern des Dreizehnten Königreiches, fühlte er sich schon anders. In ein paar Stunden würde es dunkel werden. Oliver behagte der Gedanke gar nicht, die Nacht in einem Land verbringen zu müssen, in dem es von Plorks nur so wimmelte. Von den Krähen und Wölfen und weiß Gott noch allem ganz zu schweigen, dachte er ängstlich. Es würde keine königlichen

Gardisten geben, die ihn im letzten Augenblick retten könnten, keine Freunde, die ihm ihre helfende Hand reichten. Er war vollkommen allein. Und das Schlimmste an der Sache war, dass er seine Zauberkräfte vorläufig nicht einsetzen durfte, auf gar keinen Fall! Niemand durfte auch nur vermuten, dass er sich im Dreizehnten Königreich befand.

Der Plan war eigentlich ganz einfach.

Bartolomäus hatte die Dukaten eingesteckt. Es war nur noch eine Frage der Zeit, wann Krataus Krähen ihn aufspüren würden. Und das war auch der Sinn der Sache. Kratau sollte annehmen, dass er Oliver gefunden hätte.

Das war der erste Teil ihres Planes.

Der zweite Teil betraf Oliver. Er musste zusehen, dass er die *Stadt des seidigen Silbers* noch vor Bartolomäus erreichte, damit er Kratau überraschen und vernichten konnte.

Es konnte funktionieren, zumindest dann, wenn Kratau Bartolomäus lange genug in Ruhe lassen würde. Bartolomäus war der Meinung, dass es so klappen würde.

»Kratau wird einfach auf mich warten«, hatte Bartolomäus seelenruhig gesagt, »wie eine Spinne in ihrem Netz. Er weiß, dass ich auf dem Weg zu ihm bin, und seine Krähen beobachten mich während der ganzen Zeit.«

Das hatte sich sehr logisch angehört. Er hoffte inständig, dass Bartolomäus Recht behalten würde.

Oliver wischte sich die Kuchenkrümel vom Mund und hielt seinen Kompass in nordöstliche Richtung. Es war an der Zeit weiterzugehen. Er durfte nicht trödeln.

Die Nacht verbrachte er auf den Ästen eines dicken Eichenbaumes. In seinen Mantel gewickelt, mit dem Kopf auf seinem Rucksack versuchte er ein bisschen Ruhe zu finden. Doch er

konnte nur schwer einschlafen, der Wald war voller schleichender, suchender Geräusche. Nach Mitternacht hörte er in der Ferne das unverkennbare Kreischen der Krähen, die auf der Suche waren nach der Spur der Dukaten. Es war nur noch eine Frage der Zeit, bis sie Bartolomäus finden würden.
Oliver wickelte sich noch fester in seinen Mantel und sank in einen erschöpften, traumlosen Schlaf.

Als er am nächsten Morgen aufwachte, dauerte es einen Moment, bis er wusste, wo er sich befand. Er hatte schon lange nicht mehr so tief geschlafen. Auf dem dicken Ast balancierend rieb er sich schläfrig die Augen und reckte und streckte sich. Der herrliche Duft von gebratenem Fleisch stieg ihm in die Nase. Sein Magen wurde als Erstes richtig munter und erzählte seinem Gehirn, dass er hungrig war. Frühstück!
Doch der Rest seines Körpers wollte lieber noch eine Weile schlafen. Er kuschelte sich an seinen Rucksack und schloss wieder die Augen.
»Fass mit deinen Dreckpfoten ja nicht mein Essen an!«
Die raue Stimme wirkte genauso gut wie der allerbeste Wecker. Oliver schoss in die Höhe und wäre beinahe aus dem Baum gefallen. In letzter Sekunde konnte er noch einen Riemen seines Rucksacks erwischen, bevor dieser nach unten stürzte. Er drückte sich mit vor Schreck geweiteten Augen an den Baumstamm und schaute dann vorsichtig nach unten.
Zwei Plorks stierten sich über ein Lagerfeuer hinweg wütend an. Der kleinere hatte ein Stück Fleisch in der Hand, der andere ein krummes, gezahntes Messer. Es sah für einen Moment so aus, als würden sie gleich miteinander zu kämpfen beginnen. Da gab der Kleine das Stück Fleisch zaghaft zurück. »Ich behalte dich im Auge!«, sagte er drohend. Der andere zuckte unbe-

eindruckt mit den massigen Schultern und hieb seine Zähne in das Fleisch. Der kleinere Plork riss wütend ein weniger schönes Stück von dem Gerippe herunter, das über dem Feuer hing, und begann vor sich hin grummelnd zu essen.
Oliver wagte es nicht, sich zu bewegen, und atmete vorsichtig ein und aus. Wenn sie hochschauten, war er dran. Er wartete geduldig, bis das unappetitliche Mahl vorbei war. Das ganze Gerippe wurde Stück für Stück zerrissen und mitsamt Knochen verspeist. An dem Baum lehnten ihre Waffen, zwei lange, rostige Schwerter und schwarze Lanzen. Die Plorks trugen Panzerhemden, lederne Waffenröcke und eiserne Helme.
»Kratau hat Angst«, brummte der Kleine. »Ich habe es selber gehört. Vor irgendeinem neuen Zauberer aus dem Westen.«
Der Plork mit dem Messer streckte eine seiner Pranken aus.
»Pass mal auf. Kratau kann es überhaupt nicht leiden, wenn jemand behauptet, dass er Angst hat. Und von so einem kleinen Plork wie dir lässt er sich das bestimmt nicht sagen. Wenn er das hört, landest du an der vordersten Front am Portalpass, als Kanonenfutter oder noch Schlimmeres ...«
»Na und? Wer wird ihm davon erzählen?«, war die drohende Antwort. Der kleine Plork machte einen vorsichtigen Schritt zu den Schwertern hin. Der große ließ sein Essen fallen und stand mit einem riesigen Sprung direkt vor ihm. Er drückte das Messer an die Kehle seines Begleiters. »Ich, wenn du nicht aufpasst. Ich bin Krummbein, und ich bin der Boss!«
Der Kleine hob beschwichtigend die Hände in die Luft. Für einen Augenblick dachte Oliver schon, dass sie ihn entdeckt hätten. Er hielt die Luft an.
»Schon gut, beruhige dich.«
Krummbein machte knurrend einen Schritt zurück, doch er behielt den kleinen Plork im Auge.

»Wir brechen auf«, sagte er schließlich. »Diese verflixten Krähen suchen ebenfalls nach den Eindringlingen. Aber meiner Meinung nach beobachten sie auch uns. Ich will nicht, dass Kratau zu hören bekommt, wir würden hier unsere Zeit vertrödeln. Mich zieht's nicht zum Portalpass.«
Er warf mit dem Fuß etwas Sand über das Feuer und ergriff seine Waffen. »Los, beeil dich, Plattfuß, sonst spieß ich dich doch noch mit meinem Messer auf!«
Fluchend und tobend steckte Plattfuß sein Schwert in den Gürtel und warf die Lanze über seine Schulter. »Diese Krähen sollen doch tot vom Himmel fallen!«, rief er wütend. »Ein Plork muss auch mal was essen.« Dann stampfte er davon und verschwand zwischen den Bäumen.
Oliver kletterte nach unten. Sie suchten also überall nach Eindringlingen. Das wunderte ihn nicht. Kratau hatte seit ihrem Aufenthalt auf Heliopost keine Spur mehr von ihnen.
Oliver glitt ganz leise aus dem Baum und machte sich ohne Frühstück davon. Je schneller er den Abstand zwischen sich und den Plorks vergrößern konnte, desto besser.

Gefunden

Kratau grinste. Seine Krähen hatten die Dukaten gefunden. Diesmal war der junge Zauberer allein. Und er war auf dem Weg zur Hölle, auf dem Weg zu ihm.
Nichts würde ihn jetzt noch aufhalten können. Nichts! Seine Heerscharen standen am Portalpass bereit. Zuerst ein Königreich. Und wenn er erst dessen Thron erklommen hatte, dann den Rest. Die *Entdeckte Welt* würde beim Klang seines Namens erzittern.
Kratau stand auf einem rußgeschwärzten Turm am Rande seiner Stadt. Er schaute auf das umliegende Gelände. Die ausgedörrte Landschaft trug noch immer sichtbare Narben des letzten Krieges vor drei Jahrhunderten. Eine dicke, schwarze Rauchwolke schwebte über seinem Haupt, genährt von der Rauchsäule, die aus dem Inneren der Erde emporstieg.
Triumphierend hob er die Arme hoch in die Luft. Gelbe Blitze schlugen krachend in den Wolken ein. Auf den Stadtmauern duckten sich die Plorks.
Plötzlich umschloss ein angsterfüllender Gedanke wie eine kalte Hand sein Herz. Der junge Zauberer hatte die *Berge der eisigen Ewigkeit* überquert an einer Stelle, wo dies eigentlich gar nicht möglich war. Gab es etwas Neues, etwas, worüber er noch nichts wusste? Ein neuer Weg über die Berge, weit im Süden des Portalpasses etwa? Hielten sich dort geheime Heerscharen verborgen, bereit, ihn aus dem Hinterhalt anzugreifen?

Unsicherheit blitzte in seinen Augen auf. Geheime Heerscharen? Er durfte nicht versagen, nicht noch einmal. Mit schwingendem Mantel drehte er sich um. Es gab Aufträge zu erteilen, Aufträge für seine Krähen.

Entwischt

Oliver hielt sich im Inneren eines umgestürzten hohlen Baumstammes verborgen. Ein paar Waldameisen krabbelten kitzelnd über sein Gesicht. Eines der Tierchen verschwand in seinem Kragen und steuerte über den Nacken auf seinen Rücken zu. Das Gefühl war zum Verrücktwerden.
Oliver war sich sicher, dass er etwas gehört hatte. Etwas oder jemand verfolgte ihn. Vielleicht waren es die beiden Plorks, Krummbein und Plattfuß. Er zog seinen Rucksack noch tiefer in den Baumstamm hinein, kniff die Augen zu und versuchte den Juckreiz zu vergessen.
»Wo ist er?«
Er erkannte die flüsternde raue Stimme wieder. Die Plorks! Oliver hielt den Atem an.
»Sscht. Was habe ich dir gesagt? Sei vorsichtig. Laut Auskunft der Krähen können auch Zauberer unter den Eindringlingen sein.«
»Na und?«
»Du Idiot! Ein Zauberer! Wir müssen ihn erwischen, bevor er uns sieht. Nicht andersrum. Sonst werden wir platt gemacht.«
»Au ja, ich werde ihn aufspießen.«
»Das wirst du schön bleiben lassen. Kratau braucht ihn lebend.«
»Glaubst du, wir werden belohnt, wenn wir ihn abliefern? Vielleicht dürfen wir ihn aufessen, wenn Kratau mit ihm fertig ist.«
»Ich glaube nicht, dass dann noch viel von ihm übrig ist.«

»Sscht. Sonst hört er uns noch. Wenn er uns entwischt, kannst du was erleben!«
Die Plorks schlichen flüsternd durch den Farn. Ohne dass es ihnen bewusst war, kamen sie an Olivers Versteck vorbei. Einer der Plorks sprang sogar auf den Baumstamm, das Holz knirschte unter seinen Stiefeln. Dann gingen sie weiter, schleichend, schnaubend, flüsternd und lauschend.
Oliver blieb so lange wie möglich liegen. Bis er es nicht länger ertragen konnte. Er kämpfte sich hinaus und hüpfte herum und kratzte sich so lange, bis die Ameisen und der Juckreiz verschwunden waren. Er begann zu rennen, weg von den Plorks. Sie hatten ihn gesehen. Wie entsetzlich! Musste er die Plorks jetzt töten? Mit seinen Fertigkeiten würde er das sicher schaffen. Aber es war riskant. Wenn die Krähen ihre Leichen fänden, würde Kratau Unheil wittern. Und dann hätte er alle Chancen verspielt. Oliver hatte keine Ahnung, was er tun sollte. Sich von den Plorks gefangen nehmen zu lassen war auch keine gute Wahl. Aufessen, aufspießen? Er schüttelte den Kopf. Er musste zusehen, dass er ihnen nicht in die Arme lief.
Oliver rannte an dem Baum vorbei, auf dem er die Nacht verbracht hatte, und bog in Richtung Osten ab. Er duckte sich unter den Farn und schlich weiter. Bis auf das Geraschel von kleineren Tieren war es im Wald totenstill, als ob dieser den Atem anhalten würde. Die dicken Stämme erhoben sich kerzengerade in die Höhe, wie hölzerne Säulen, die das Laubdach trugen. Hier und da brach ein Lichtstrahl schräg hindurch. Unter den Farnen leuchtete es zartgrün. Der schwammartige Boden dämpfte jegliche Geräusche. Oliver rutschte in ein altes, ausgetrocknetes Flussbett und rannte weiter.
Während er moosbewachsenen Felsen und Baumstämmen auswich, überlegte er fieberhaft. Ob sie sich trauen würden? Ob

sie den Krähen melden würden, dass sie einen Eindringling gesehen hatten? Einen Eindringling, der ihnen entwischt war? Oliver hoffte, dass sie es nicht wagten. Aber er konnte nicht sicher sein. Was sollte er nur tun? Wenn er sich doch nur mit Bartolomäus beraten könnte. Die Plorks töten, den Plorks entwischen, sich von den Plorks gefangen nehmen lassen – all diese Möglichkeiten wirbelten wild in seinem Kopf herum. Entwischen in der Hoffnung, dass sie sich nicht trauen würden, davon zu berichten. Das war wohl die beste Lösung, oder?

Am Nachmittag lehnte er sich völlig erschöpft an einen Felsen. Er konnte nicht mehr weiterlaufen. Seine Muskeln in den Beinen brannten und die Schmerzen an seinen Füßen zeugten von hässlichen Blasen.
Außer Atem holte er etwas zu essen aus seinem Rucksack und spülte mit ein bisschen Wasser nach. Er musste sich kurz ausruhen, bevor er wieder weiterging. Ausruhen und überlegen.
Nachdenklich starrte er auf die schwarze Wolke über Krataus Hauptquartier. Krummbein und Plattfuß. Er hatte die beiden seit der Begegnung im Wald weder gesehen noch gehört. Ob sie die Suche aufgegeben hatten? Oliver schüttelte den Kopf. Die beiden Plorks waren ganz bestimmt noch immer hinter ihm her. Er hatte sie wütend gemacht. Und sie wollten die Belohnung einheimsen. Was, wenn sie ihn doch noch erwischten, bevor er die *Stadt des seidigen Silbers* erreichen würde? Was sollte er dann tun? Dann war vielleicht alles umsonst gewesen.
Müde rieb er sich die Augen. Er musste ihnen ein ganzes Stück voraus sein. Das war seine einzige Chance. Steif erhob er sich. Doch bevor er auch nur einen Schritt machen konnte, spürte er etwas Spitziges im Rücken. Mit einem Ruck drehte er sich um. Und starrte direkt in die wütenden Augen von Plattfuß.

Gefangen

»Erwischt!«
Eine eiserne Hand ergriff Oliver im Nacken und hob ihn mühelos vom Boden hoch. Oliver schlug um sich und versuchte sich loszureißen. Doch es war hoffnungslos. Der Plork war viel stärker und schüttelte ihn kräftig durch.
»Au!«
»Es quietscht«, lachte Plattfuß zufrieden. Er pikste Oliver mit seinem Schwert.
»Jetzt guckst du aber dumm, was, du Leisetreter? Uns einfach im Kreis herum laufen lassen. Wenn Kratau dich nicht lebend haben wollte, würde ich dich jetzt auch im Kreis laufen lassen. So lange, bis deine mageren Beinchen bis zu deinen Knien abgelaufen wären.« Er pikste ihn noch mal.
»Au!« Das Schwert war scharf und bohrte sich durch Olivers Kleider hindurch. Es bleibt mir nichts anderes übrig, dachte Oliver grimmig, sobald Plattfuß sein Schwert wegnimmt, lasse ich meine Zauberkräfte auf ihn los.
»Aufhören!« Krummbein versetzte Plattfuß einen Stoß. »Kratau will ihn lebend, sonst kann er ihn nicht ausquetschen.« Der kleine Plork schaute ihn zornig an. »Aber wir können ihn doch ein bisschen beschädigen, oder? Man muss ja nicht mehr laufen können, um zu reden, oder etwa doch?«
Oliver hielt den Atem an. ›Beschädigen‹?
Doch Krummbein kam ihm zu Hilfe. »Diese Menschlein ver-

tragen nicht besonders viel. Wenn du nicht aufpasst mit deinem Gepikse, läuft er gleich noch aus.«

Plattfuß knurrte wütend und ließ die Spitze seines Schwertes ein kleines Stückchen sinken.

Solange der große Plork Oliver nicht mit Plattfuß allein ließ, war er wohl relativ sicher. Wenn man das überhaupt als sicher bezeichnen konnte. Sein Nacken schmerzte und die Plorks stanken entsetzlich. Mit einem Mal hörte er in der Ferne das Kreischen der Krähen.

Mit diesen Viechern in der Nähe kann ich meine Zauberkräfte nicht einsetzen, wurde ihm plötzlich klar.

Krummbein holte ein Seil hervor und fesselte Oliver. Ein Ende des Seiles behielt er in der Hand. Währenddessen untersuchte Plattfuß seinen Rucksack.

»Essen!«, rief er begeistert, als er den Rest Kuchen entdeckte, den Oliver noch übrig hatte. »Es stinkt«, sagte er kurz darauf. In einem großen Bogen warf er den Kuchen weit von sich, zusammen mit allem anderen, was sich noch im Rucksack befunden hatte. Dann leerte er Olivers Hosentaschen. Das Erste, was er zutage förderte, war das kleine Heft mit *Stimme*-Sprüchen, das ihm Quovadis gegeben hatte. Oliver erschrak. Daran hatte er gar nicht mehr gedacht. Kratau durfte das Heftchen nicht zu sehen bekommen. Doch nach wenigen uninteressierten Blicken von Plattfuß landete es im Staub.

Der Kompass zog mehr Aufmerksamkeit auf sich.

»Es blinkt!«, rief Plattfuß. Die Kompassnadel drehte sich, während er das wertvolle Stück angetan betrachtete. »Und es bewegt sich.« Er wollte den Kompass in seinen Beutel stecken, doch nach einem harten Hieb und einem drohenden Blick von Krummbein reichte er die glänzende Kostbarkeit knurrend dem größeren und stärkeren Plork.

Oliver gab keinen Mucks von sich. Je weniger er sagte, desto besser. Plattfuß war sichtlich unzufrieden. Er wollte auch etwas haben. Sein stinkender Atem umhüllte Oliver.
»Wer bist du überhaupt?«
Das wollte auch Krummbein gerne wissen.
Als Oliver nicht gleich antwortete, zog der Plork mit einem Ruck an dem Seil, so dass er umfiel. Plattfuß lachte grob, er hatte die Frage anscheinend schon wieder vergessen. Doch Krummbein wusste sie noch. »Rede, oder ich erlaube Plattfuß doch noch, mit dir zu spielen! Wer bist du?«
Oliver schluckte und sah die Plorks nervös an. Bartolomäus hatte die Dukaten. Bartolomäus war Oliver.
Krummbein zog sein Schwert. »Ich frage dich nicht noch mal! Wer bist du?«
Bartolomäus war Oliver, Oliver war Bartolomäus. Bartolomäus! Er sah Bartolomäus ähnlich, das hatte sogar der König gesagt. Ob Kratau ihn wiedererkennen würde aus der Herberge *Himmel und Erde?*
Oliver betrachtete seine Hände, sie waren voller Schrammen und Dreck. So sieht mein Gesicht wahrscheinlich auch aus, dachte er.
Er schaute den Plork an. »Mein Name«, sagte er deutlich, »ist Bartolomäus, Bartolomäus Bariton.«
Wenn Kratau ihn nicht erkannte, dann war noch nicht alles verloren. Er konnte immer noch angreifen, ganz unvermutet.
Plattfuß begann laut zu lachen, als er den Namen hörte, ein schreckliches keuchendes und kläffendes Geräusch.
»Bartolomäus Bariton. Was für ein lächerlicher Name! Bariton, Pappkarton, Knallbonbon.« Der kleine Plork kugelte sich vor Lachen am Boden.
Krummbein schaute Oliver drohend an. »Was will Kratau von

dir, Bartolomäus Bariton?« Plattfuß begann noch lauter zu keuchen und zu kläffen. Krummbein versetzte ihm einen Tritt.
»Sei still, du Idiot!«
Oliver schaute so ängstlich wie möglich. »Ich versuche einen Zauberer einzuholen, um ihm bei seinem Kampf gegen Kratau zu helfen.«
Als er diese Worte hörte, brach Plattfuß erneut brüllend und kläffend vor Lachen zusammen. Tränen strömten ihm aus den Augen.
»Helfen«, rief er nach Luft schnappend, »gegen Kratau. Dieser blasse Wurm!«
Sogar Krummbein begann jetzt zu grinsen. Lachend versetzte er Plattfuß einen freundschaftlichen Stoß. »Wir müssen weiter. Ich kann es kaum erwarten, was Kratau tun wird, wenn er von diesem Schwachsinn hört.«
Aufgeregt machten sich die Plorks auf den Weg. Sie schubsten und zogen sich gegenseitig und stachelten sich zur Eile an. Oliver rannte stolpernd an dem Seil hinter ihnen her.

Kratau

Oliver hatte sich noch nie so müde und erschöpft gefühlt, er musste immer weiterrennen, es war, als befände er sich in einem qualvollen Alptraum. Die Plorks hatten es eilig. Sie wollten ihre Beute Kratau übergeben, sie wollten ihre Belohnung. Oliver war schon unzählige Male gestolpert und gestürzt. Er hatte lauter blaue Flecken und Schürfwunden. Am liebsten wollte er sich hinlegen und schlafen. Doch er musste wach bleiben, sogar hellwach, weil ihn am Ende dieses bösen Traums der Dreizehnte Zauberer erwarten würde. Ich muss Kratau überzeugen, dachte er immer wieder. Ich bin Bartolomäus, Bartolomäus ist Oliver.

Es war schon spät am Nachmittag, als sie den Fuß des Tafelberges erreichten. Oliver erkannte die beiden zerstörten Säulen aus Marmor wieder, die er durch das Teleskop gesehen hatte. Sie bewachten den Eingang zu einer breiten Treppe, die sich um den Tafelberg nach oben wand. Diese war früher sicher der wichtigste Zugang zur alten Hauptstadt gewesen, zweifellos ein richtiges Kunstwerk, mit prächtigen Säulen, Geländern und Terrassen, die Aussicht boten auf die blühenden Hügel des Dreizehnten Königreiches. Jetzt war nicht mehr viel davon übrig außer einem bröckelnden Weg, der sich zwischen Stock und Stein nach oben schlängelte.

Krummbein und Plattfuß wurden am Fuße der Treppe von zwei Wachtposten angehalten. Oliver ließ sich erschöpft auf den Boden fallen, aber er traute sich nicht, die Augen zu schließen, auch wenn er das liebend gern getan hätte. Er hörte, wie Krummbein und Plattfuß stolz von ›ihrem Fang‹ erzählten und von ihrer ›Belohnung‹. Die Wachtposten betrachteten den Jungen mit neidischem Blick. Oliver tat so, als würde er es nicht bemerken.

»Wir werden ihn schon zu Kratau bringen«, versuchte es der eine. »Alles, was die Treppe hinauf will, wird angehalten und kontrolliert. Befehl von Kratau.«

»Kratau bekommt, was Kratau haben will!«, kreischte der andere. Als hätten sie sich abgesprochen, zogen Krummbein und Plattfuß genau im selben Moment ihre Schwerter und hielten sie den entgeisterten Wachtposten unters Kinn.

»Was hast du da gesagt? Wer bringt ihn zu Kratau?«, drohte Krummbein. Er pikste den linken Wachtposten mit der Spitze seines Schwertes in den Nacken.

»Ja«, knurrte Plattfuß und machte einen Schritt vorwärts, »wer, sagtest du? Ich glaube, ich habe es nicht so recht verstanden.«

»Nimm das Schwert aus meinem Gesicht!«, brüllte der größere der Wächter. »Wir melden euch jetzt erst mal bei Kratau an. Befehl ist Befehl.« Aber es klang nicht sehr überzeugend.

»Mach du nur«, grinste Krummbein. »Wenn Kratau sieht, was wir für ihn haben, und er erfährt, dass ihr uns habt warten lassen, dann weiß ich schon jetzt, wer an die Front gehen darf.« Er lachte kläffend und zerrte Oliver auf die Beine. »Komm mit! Unsere Belohnung wartet.« Mit einem breiten Grinsen zogen Krummbein und Plattfuß ihn mit nach oben.

In den alten Gewölben weit unter den Ruinen der *Stadt des seidigen Silbers* bereitete Kratau seinen Angriff vor.

»Morgen«, schrie er die Wände an, »morgen werde ich angrei-

fen. Und dann wird es ihnen noch leid tun, dass sie mich jemals verbannt haben. Den scheinheiligen Zauberern, den Königen, allen! Ich werde bekommen, worauf ich ein Recht habe. Ein Königreich für Kratau. Zwölf Königreiche für Kratau. König Kratau!«
Eine Krähe hüpfte nervös in der Türöffnung auf und ab. Kratau kreischte seine Befehle für den Angriff. Die Krähe lauschte aufmerksam und flog dann davon, flatterte durch die langen, dunklen Gänge nach draußen, zu den wartenden Heerscharen am Portalpass.
»Meister Kratau?«
Kratau richtete seine Aufmerksamkeit auf einen anderen Eingang. Mit stechendem Blick starrte er auf die beiden Plorks, die zitternd und mit gesenkten Köpfen in der Tür standen und warteten.
Oliver lag hinter ihnen auf dem Boden. Er hatte alles gesehen und gehört. Der Hass in der Stimme des Dreizehnten Zauberers war schrecklich. Olivers Herz hämmerte wie wild. Sein Plan würde misslingen, Kratau würde ihn wiedererkennen. Oliver hatte Angst. Er hatte noch nie solche Angst gehabt, Angst vor Kratau, Angst vor dem, was alles schief gehen konnte.
»Sprich!«
Plattfuß sah nervös zu Krummbein hinüber. Krummbein schluckte und sagte: »Wir haben hier etwas für Sie, Meister Kratau. Unsere Beute. Wir haben ihn in der Wildnis westlich des Tafelberges gefangen.«
Oliver hielt den Atem an.
Kratau schwieg und sah die Plorks ungerührt an.
Plattfuß zog an dem Seil. Oliver wurde auf die Beine gezerrt. Der Plork schubste ihn nach vorne. Er stolperte und fiel auf die Knie, doch er stand sofort wieder auf und schaute Kratau frech ins Ge-

sicht. So wie es Bartolomäus tun würde. In dem schummrigen Licht erkannte er den fahrenden Händler aus der Herberge *Himmel und Erde* wieder. Es war dasselbe Gesicht, und doch ganz anders. Krataus Züge waren verzerrt, aus seinen Augen sprühte der Hass, und ein dunkler Schatten umhüllte ihn.

»Wer ist das?«, fragte Kratau.

»Mein Name ist Bartolomäus«, sagte Oliver, »Bartolomäus Bariton. Und wenn Oliver hier ankommt, dann werden Sie was erleben!«

Es hörte sich richtig frech an, doch Oliver spürte, dass er zitterte. Kratau schwieg. Er machte einen Schritt nach vorne, und ein unsägliches Gefühl der Bedrohung spülte über Oliver hinweg. Oliver wollte schreien vor Angst, alles gestehen und um sein Leben betteln.

Stimmen hallten ihm durch den Kopf. Es waren die Stimme seines Vater und die des Königs. »Vergiss deine Herkunft nicht … die letzten Nachkommen … Schloss Obsidian …«

Er holte tief Luft und starrte Kratau mit geballten Fäusten unverwandt an.

Er erkennt mich nicht, dachte Oliver, er kann mich nicht wiedererkennen, es ist zu dunkel hier. Und mein Gesicht ist voller Dreck und Schrammen. Halte durch, spiel deine Rolle weiter! Er erkennt dich nicht.

Kratau betrachtete ihn. »Ich hätte dich in der Herberge schon vernichten sollen. Du bist diese Rotznase mit dem frechen Mundwerk.«

Es hatte geklappt! Kratau dachte, er sei Bartolomäus! Bartolomäus, der in der Herberge »Trauen Sie sich etwa nicht?« gerufen hatte. Oliver ließ vorsichtig seinen angehaltenen Atem entweichen.

»Und diesen armseligen Freund von dir kenne ich auch«, fuhr

Kratau grinsend fort. »Die andere Rotznase mit der Vierten Unbeholfenheit.«
Oliver schwieg.
»Ich weiß, wer er ist, ich weiß, wo er ist, und ich weiß ganz genau, wann er sich in meine Hauptstadt einschleichen wird.«
Es ist die Hauptstadt des Königreichs meiner Familie, dachte Oliver wütend.
Plattfuß räusperte sich laut. Kratau schaute genervt auf und richtete seinen stechenden Blick auf den Plork. Plattfuß wechselte nervös von einem Bein aufs andere. Krummbein trat vorsichtshalber einen Schritt zurück.
»Was ist?«
Plattfuß zeigte auf Oliver. »Für Sie, Meister Kratau«, murmelte er schüchtern, »vielleicht eine kleine Belohnung für uns?«
Krataus Augen leuchteten auf und er machte einen schnellen Schritt vorwärts in die Richtung von Plattfuß. Der Plork konnte sich in seiner Panik nicht vom Fleck rühren.
»Eine Belohnung?«, wiederholte Kratau mit salbungsvoller Stimme. »Aber natürlich bekommt ihr eine Belohnung.«
Krummbein schlurfte noch einen Schritt zurück.
Kratau begann zu sprechen. Seine Stimme war zunächst freundlich und leise, steigerte sich dann aber in ein entsetzliches Kreischen. »Eure Belohnung besteht darin, dass ich euch nicht zum Portalpass schicke. Dass ich euch am Leben lasse! Dass ich euch nicht zermalme!! Dass ich euch nicht eigenhändig in Stücke reiße!!! Hinaus!!!!«
Krummbein und Plattfuß rannten davon. Sie rannten, wie sie noch nie im Leben gerannt waren. Kratau schaute ihnen grinsend nach.
Er drehte sich um und richtete seine Aufmerksamkeit wieder auf Oliver. »So, Bariton-Junge«, sagte er zufrieden zu Oliver.

»Und jetzt wirst du mir erzählen, was du weißt, alles, was du weißt!«

Oliver schluckte und versuchte seine Gedanken zu ordnen. Er musste einen klaren Kopf behalten und durfte keine Fehler machen. Sein Leben und das von Bartolomäus standen auf dem Spiel. Und vielleicht sogar noch mehr. Sein Vater zählte auf ihn, der König zählte auf ihn, Quovadis, Aurora und alle anderen zählten auf ihn.

Der Gedanke an seine Freunde gab ihm Kraft. Er straffte die Schultern. Er würde es schaffen. Er würde Kratau zum Narren halten und ihn vernichten. Das war er sehr vielen Menschen schuldig. Wichtigen Menschen, die alle auf ihn zählten.

Kratau begann wieder zu sprechen. Aufmerksam lauschte Oliver der ersten Frage.

Bartolomäus

Oliver lag in der Ecke eines tiefen Kerkers. Zwei Plorks behielten ihn scharf im Auge, die Schwerter in der Hand.
Abwarten, dachte er schläfrig, warte auf deine Chance. Irgendwann werden sie die Schwerter senken, und dann ...
Kratau hatte ihn stundenlang ausgefragt. Er hatte alles wissen wollen, bis ins kleinste Detail, immer wieder. Doch Oliver hatte keinen einzigen Fehler gemacht, trotz seiner Erschöpfung und trotz seiner Angst.
»Wie habt ihr die *Berge der eisigen Ewigkeit* so weit südlich überqueren können?«
»Durch einen Tunnel.«
»Du lügst. Es gibt gar keinen Tunnel.«
»Den gibt es, wäre ich sonst hier?«
»Wer hat diesen Tunnel dann gebaut?«
»Keine Ahnung, der König, glaube ich.«
»Wo endet dieser Tunnel?«
»Südlich des Gletschers.«
Die Informationen über den Tunnel hatten zur Folge, dass die Befragung für einen Moment unterbrochen wurde. Eine Krähe wurde ausgesandt, der Kratau einige Anweisungen gegeben hatte.
»Wieso reist du allein?«
»Oliver ist alleine weitergezogen. Ich sollte im Westen bleiben, zusammen mit Quovadis. Der wurde verwundet.«
»Warum bist du ihm dann doch gefolgt?«

»Weil ich dachte, ich könnte ihm helfen.«
»Warst du schon immer so ein Dummkopf?«
In diesem Stil ging es weiter, so lange, bis Kratau endlich zufrieden war.
Oliver gähnte und schloss seine Augen. Er war erschöpft. Fast im selben Augenblick fiel er in einen unruhigen Schlaf.

Weit nach Mitternacht wurde er unsanft wachgerüttelt. Einer der Plorks pikste ihn mit seinem Schwert. »Mitkommen!« Blinzelnd erhob sich Oliver. Zwischen den beiden Plorks marschierte er mit schmerzenden Beinen nach oben.
Kratau stand auf einer halb eingestürzten Mauer und schaute mit blitzenden Augen auf die Reste der Geisterstadt. Er trug einen langen, dunkelroten Mantel, die Kapuze weit ins Gesicht gezogen. Die Plorks richteten ihre Schwerter auf Oliver und blieben hinter dem Dreizehnten Zauberer stehen.
Die Aussicht war grauenvoll und überwältigend zugleich. Um sie herum erstreckten sich die weitläufigen Ruinen der *Stadt des seidigen Silbers*, Wege, Brücken, Plätze und Gebäude. Das flackernde Licht der heißen Feuer tanzte zwischen Schatten und Steinen. Der Himmel war ein wirbelndes schwarzes Ungetüm, genährt von einer beinah schon massiven Säule aus Ruß und Rauch, die aus dem Zentrum der Stadt emporstieg. Am Horizont, außerhalb dieser gigantischen Wolke aus Rauch, blinkten bläulich-weiße Sterne lautlos in der Luft. Von den *Bergen der eisigen Ewigkeit* konnte man nicht das Geringste erkennen, es war, als gäbe es außer der Welt von Kratau nichts anderes mehr.
Kratau zeigte auf etwas. Oliver folgte der Richtung seines Fingers. Zuerst sah er nichts außer einer Straße, gesäumt von dem, was einst Gebäude gewesen waren. Dann bewegte sich etwas, eine Person, die vorsichtig zwischen den Trümmern hindurchschlich.

Bartolomäus! Oliver war sich ganz sicher. Sein Herz machte einen Hüpfer. Mit einem Mal fühlte er sich stärker. Er war nicht länger allein.
Kratau ließ seinen Gegner immer näher kommen. Bartolomäus folgte der Straße. Er war offensichtlich auf dem Weg ins Zentrum der Stadt. Oliver schaute zu, wie sich der Abstand immer mehr verringerte. Hin und wieder verschwand Bartolomäus hinter Mauern und Trümmerhaufen und tauchte dann ein Stückchen weiter vorne wieder auf.
Zu Olivers Füßen befand sich ein stiller, verlassener Platz. In der Mitte glühten noch die Reste eines Feuers. Es dauerte nicht lange, und die Umrisse von Bartolomäus erschienen auf der gegenüberliegenden Seite.
Oliver machte vorsichtig ein paar Schritte vorwärts. Kratau erhob einen warnenden Finger in Olivers Richtung. Keinen Mucks! Oliver nickte. Jetzt, dachte er. Kratau ist ganz und gar mit Bartolomäus beschäftigt, wenn ich ihn jetzt angreife ...
Doch als ob einer der Plorks seine Gedanken gelesen hätte, spürte er plötzlich die Spitze eines Schwertes in seinem Rücken. Kratau ließ Bartolomäus noch ein kleines Stück näher kommen. Dann setzte er zum Sprechen an. Mit einer unglaublichen Kraft donnerte *die Stimme* über den Platz, die eiskalten Worte wurden von den Wänden zurückgeworfen. Bartolomäus gefror auf der Stelle. Aus allen Löchern und Ecken sprangen bewaffnete Plorks hervor. Bartolomäus wurde hochgehoben und weggetragen. Sekunden später lag der Platz wieder verlassen da, als ob nie etwas geschehen wäre. Der ganze Angriff hatte nur wenige Sekunden gedauert. Kratau drehte sich zu Oliver um. Feuer sprühte aus seinen Augen. »Meine Herrschaft beginnt! Kratau wird siegreich triumphieren, König Kratau. Niemand wird mich jetzt noch aufhalten können. Niemand!«

Die Stimme

Ein paar Minuten später wurde Oliver ohne großen Aufhebens in den Kerker zurückgestoßen. Bartolomäus stand regungslos an einer Wand, doch seine Augen wurden ganz groß, als er Oliver sah. Er stöhnte leise. Er hatte einen Pfropfen im Mund und ein Seil war um seinen Kopf gebunden, damit der Pfropfen an seinem Platz blieb. Kratau wollte damit verhindern, dass sich sein Gegner mit *der Stimme* befreien konnte. Bartolomäus' Arme und Beine waren mit eisernen Ketten an der Wand festgemacht. Vier Plorks behielten ihn mit gezogenen Schwertern im Auge.
Oliver wurde zu Boden gedrückt.
Einer der Plorks grinste ironisch. »Wenn das die große Geheimwaffe der *Entdeckten Welt* sein soll«, sagte er zu den anderen, »dann wird das kommende Jahr ein einziges Fest.« Die anderen Plorks begannen kläffend zu lachen.
Es ist vermutlich gegen fünf Uhr morgens, dachte Oliver. Viel Zeit blieb ihm nicht mehr, Kratau hatte seine Befehle für den Angriff schon vor Stunden erteilt. Und das bedeutete, dass der Portalpass noch heute angegriffen werden sollte. Wahrscheinlich sogar schon sehr bald, kurz bevor die Sonne aufgehen würde, ein Angriff im Schutz der Dunkelheit.
Die Plorks schrien sich lauthals zu, wie sie die *Entdeckte Welt* plündern würden.
Viel Zeit bleibt mir wirklich nicht mehr, dachte Oliver.
Mit einem Mal fiel ein Schatten durch den Eingang des Kerkers.

Die Plorks waren sofort ruhig und machten ein paar Schritte zurück.
Kratau betrat das Gefängnis und lief auf seinen Gefangenen zu. Oliver würdigte er keines Blickes.
Kratau richtete seine glühenden Augen auf Bartolomäus, sein Mund verzog sich zu einem teuflischen Lächeln.
»Du bist also das Beste, was dieses Wiesel von einem Brandewin auf mich ansetzen konnte? Das wird er bereuen, bevor ich seinen Kopf auf eine Lanze spieße.«
Die Plorks lachten, doch nach einem kurzen Blick von Kratau war es wieder still im Kerker.
Er hob die Arme. »Morgen reiten wir zum Portalpass, um meinen Sieg mit anzusehen. Und um meinen Triumph zu feiern, werde ich dich dort als Erstes enthaupten.«
Er lief zum Ausgang des Kerkers. Dort drehte er sich noch einmal um. Er entblößte seine Zähne und lachte kreischend.
»Dein Kopf wird nur der erste sein, nach dir folgt der Rest der *Entdeckten Welt*.«
Die Plorks begannen laut zu jubeln und schlugen mit ihren Schwertern auf den Boden. Diesmal wurden sie nicht mit einem Blick ihres Meisters bestraft. Mit einem Schwung seines Mantels war Kratau verschwunden.
Oliver blieb eine Weile sitzen. Die drohenden, verächtlichen Worte Krataus hatten etwas in seinem Innern berührt. Er schüttelte den Kopf, ein fest entschlossener Zug umgab seinen Mund. All das musste aufhören, hier und jetzt! Eine Welle der Wut spülte seine Ängste und Zweifel fort. Es blieb nur ein Gedanke, der alles andere beherrschte: Er würde Kratau vernichten.
Er schaute zu Bartolomäus. Sein Freund zwinkerte ihm zu. Doch Oliver zwinkerte nicht zurück.
Er stand auf.

»He, setz dich gefälligst, Bariton«, schnauzte einer der Plorks.
»Mein Name ist Oliver«, sagte Oliver. Es hörte sich ruhig an, doch eine kalte Wut hatte sich seiner bemächtigt. »Oliver von Offredo. Und das hier ist mein Königreich.«
Dann gab er den Impuls. Noch bevor die Plorks reagieren konnten, wurden sie von einer unsichtbaren Hand hochgehoben und mit aller Wucht an die Wand geschleudert. Betäubt rutschten sie nach unten und fielen in einem Knäuel aus Armen und Beinen zu Boden. Oliver machte eine Bewegung in die Richtung seines Freundes. Die Ketten sprangen auf, und plötzlich konnte sich Bartolomäus wieder frei bewegen. Oliver entfernte den Pfropfen aus seinem Mund. Sie umarmten sich.
»Gute Arbeit, Herr Bariton«, flüsterte Bartolomäus.
Oliver reagierte nicht darauf. »Wir sind noch nicht fertig«, sagte er ernst. »Hast du die Dukaten noch?«
Bartolomäus holte die Münzen aus seiner Tasche. Hier, in der Nähe von Kratau, glänzten sie giftgrün. Oliver nickte.
»Du lockst ihn mit den Dukaten zum Zentrum«, sagte er, »zu der Spalte in der Erde. Je näher, desto besser. Die Krähen werden dich schon finden.«
»Und dann?«, fragte Bartolomäus.
»Täuschen und überraschen, Bartolomäus. Alles oder nichts.«
Schnell erklärte er, was er vorhatte.
»Hast du alles verstanden?«
»Vollkommen. Die Ohren zuhalten.«
Oliver nickte. »Komm.«
Sie rannten aus dem Kerker und begannen nach oben zu steigen. Zwei Plorks, die am Eingang standen, wurden von Olivers Zauberkraft mühelos aus dem Weg geräumt. Oliver spürte, dass seine Kräfte sich in Aufruhr befanden, er hatte sich noch nie so stark gefühlt.

Sie rasten hinaus und trennten sich. Bartolomäus ging geradeaus, Oliver bog rechts ab. Doch sie hatten beide das gleiche Ziel, die tiefe Erdspalte in der Mitte des Tafelberges. Oliver huschte in eine schmale Gasse und schlich so schnell wie möglich von Schatten zu Schatten. Man konnte sich leicht verirren in der labyrinthartigen *Stadt des seidigen Silbers,* doch die schwarze Rauchsäule am Himmel war wie ein Wegweiser.
Plötzlich ertönte ein langer, wie von einem Tier stammender Schrei. Das schrille Geräusch schwoll an, bis es in jede noch so kleine Ecke auf dem Tafelberg drang. Kratau hatte entdeckt, dass seine Gefangenen geflohen waren. Aus Türmen und Fenstern schossen Krähen hervor und machten sich auf die Suche nach den Dukaten. Plorks kletterten aus tiefen Kellern, die Waffen in der Hand. Oliver begann zu rennen.
Ein paar Minuten später versteckte er sich schwitzend hinter den Resten einer Mauer am Rande des Abgrunds. Die Spalte verlief im Zickzack quer durch das Zentrum der Stadt, quer durch Straßen und eingestürzte Gebäude hindurch. Es war, als hätte ein Riese sein Messer mitten in das Herz der Stadt gesteckt.
Der schwarze Rauch schoss mit enormer Heftigkeit nach oben. Oliver spürte, wie der Boden vibrierte.
Links von ihm ertönte das unheilvolle Kreischen der Krähen. Sie hatten ihre Beute entdeckt.
Auf der gegenüberliegenden Seite hörte er stampfende Schritte und die schrille Stimme des Dreizehnten Zauberers.
Kratau gab gellend eine Reihe komplizierter Laute in einer Sprache von sich, die Oliver nicht verstand. Doch die Wirkung war sofort sichtbar. Die Rauchsäule wurde langsam in die Erde zurückgedrängt. Kratau wollte sehen können, wo sich seine Feinde befanden. Unter sich spürte Oliver, dass die Erde immer heftiger zu vibrieren begann.

Oliver hob den Kopf und betrachtete das Schauspiel vorsichtig. Er sah Kratau als einen pechschwarzen Schatten, schwärzer als die schwärzeste Dunkelheit. Aus seinen stechenden Augen schoss Sternenfeuer. Plorks schwirrten um Kratau herum. Über seinem Kopf kreischten seine Krähen. Aus seinen Fingerspitzen schossen Lichtstrahlen.

Ein Knoten von Angst bildete sich in Olivers Magen. Er biss sich auf die Lippen und versuchte das Gefühl zu ignorieren.

Kratau richtete seine Hände nach vorne. Die Krähen hatten ihm berichtet, wo sich die Dukaten befanden.

Ein grelles Licht bohrte sich in die Reste einer Brücke. Der steinerne Schutzwall brach zusammen und gab den Blick frei auf Bartolomäus, der die Arme emporhielt, als ob er bereit wäre anzugreifen. Die Plorks johlten.

Oliver stand leise auf. Niemand hatte ihn bemerkt. Er konzentrierte sich. Alle Lektionen von Quovadis über den Gebrauch *der Stimme* schossen ihm durch den Kopf. »Kontrolle, Oliver, Kontrolle. *Die Stimme* ist mächtiger als das Schwert. Zaubersprüche verändern. Stimmebefehle bezwingen. Kontrolle.«
Er atmete schneller.

Die Erde bebte immer heftiger. Hier und da tauchten neue Risse zwischen den Ruinen auf. Kleine Steinchen fielen über die Ränder in den Abgrund.

Bartolomäus schaute zu Kratau hinüber. Der Dreizehnte Zauberer grinste und entblößte dabei seine gelben Zähne. Seine Arme gingen in die Höhe.

Die Plorks johlten jetzt ohrenbetäubend.

Bartolomäus streckte seine Arme noch weiter empor. Und fiel dann vornüber auf den bebenden Boden.

Die Plorks waren mit einem Mal ruhig. Kratau ließ langsam seine Arme sinken.

Das war der richtige Moment. Oliver holte tief Luft und trat einen Schritt nach vorn. Er stand am Rande des Abgrundes, ganz allein, die Arme seitlich am Körper. Seine Kräfte durchdrangen ihn, ein gleißend weißes Licht erfüllte seinen Kopf. Kratau sah ihn. Oliver konnte die Verwirrung an den Gesichtszügen des Zauberers ablesen.

Bartolomäus Bariton. Was machte er da? Wieso hatte er keine Angst? Was ging hier vor?

Die stechenden Augen verengten sich. Die Verwirrung wich dem Ausdruck von Argwohn. Zwei Gesichter, so ähnlich. Von Offredo, Bariton. Bariton, von Offredo. Grüne Augen, braunes Haar. Braunes Haar, grüne Augen.

Und dann wusste er es. Brüllend vor Wut richtete Kratau seine Arme auf Oliver. Sein Schatten färbte sich dunkelrot. Doch Oliver blieb stehen, klein und unbeweglich. Die Ratschläge von Quovadis kreisten ihm durch den Kopf. »Kontrolle, Oliver, Kontrolle.« Er verspürte keine Angst mehr, da war nur noch volle Konzentration. Mit einem leichten Lächeln öffnete er den Mund.

»Spring!«

Dieses einfache Wort drang über seine Lippen. Sein Klang schwebte kristallklar durch die Luft, geladen mit der gesamten Energie, die Oliver in seine Stimme hatte legen können. Die Kontrolle war perfekt. Wie die Spitze einer Peitsche sauste es über die Schlucht auf Kratau zu, immer schneller, immer stärker, immer lauter.

»SPRING!!!«

Der Klang dieses Wortes explodierte im Kopf des Zauberers. Das mächtige Kommando beherrschte seine Muskeln. Kratau beugte unaufhaltsam die Knie. »Nein!«, schrie der Dreizehnte Zauberer. Doch er konnte nichts dagegen unternehmen. Das

Wort war überall, in seinem Inneren, um ihn herum. Seine Beinmuskeln spannten sich wie von selbst, seine Füße stießen sich vom Boden ab und er tauchte in den Abgrund hinunter.

Die Plorks konnten dem mächtigen Befehl ebenfalls nicht widerstehen. Schreiend folgten sie ihrem Meister.

Noch im Fallen richtete Kratau in einem letzten Aufbäumen die Energie der Vierten Fertigkeit auf Oliver. Mit hasserfüllten Augen zwang er die Energie mit aller Kraft in seine Richtung. Dann verschwand der Dreizehnte Zauberer aus dem Blickfeld.

Die Energie, die Kratau losgesandt hatte, verfehlte Oliver und traf den Rand des Abgrundes. Es war eine gewaltige Explosion zu hören und der Boden bäumte sich gleichsam auf. Der Lärm war ohrenbetäubend.

»Lauf!«, erklang Bartolomäus' Stimme über den Tumult hinweg. »Zu der Treppe!«

Ein Felsblock fiel laut krachend neben Oliver zu Boden. Er sah, wie Bartolomäus aufsprang. Sie mussten hier so schnell wie möglich verschwinden. Mauern stürzten ein und eine riesige Staubwolke wirbelte auf. Es regnete Trümmer und Steine, und überall tauchten neue Risse im Boden auf. Er rannte und rannte, bis er die Treppe erreichte. Dort ließ er sich auf den bebenden Boden fallen und schützte seinen Kopf mit den Armen. Allmählich ließ der Tumult nach.

Das Beben verebbte und eine unnatürliche Ruhe breitete sich über der Stadt aus. Vorsichtig hob Oliver nach Luft schnappend den Kopf. Er hustete und spuckte Sand und Staub aus seinem Mund.

»Bartolomäus?«

Ein Stück weit von ihm entfernt stand sein Freund vom Boden auf. Bartolomäus sah aus wie ein Gespenst, er war von Kopf bis Fuß mit feinem weißem Puder bestäubt.

Sie schauten sich an.
»Es hat geklappt«, sagte Bartolomäus ungläubig.
Oliver nickte.
»Es hat geklappt!«, rief Bartolomäus noch einmal. Es ist wirklich wahr, dachte Oliver. Kratau ist im Inneren der Erde verschwunden, für immer.
Ein Lächeln erschien auf seinem Gesicht. Das Herz hüpfte ihm vor Freude in der Brust. Er hob die Hände in die Luft und ließ einen gewaltigen Siegesschrei los. Er hatte Kratau vernichtet! Bartolomäus jauchzte und hüpfte wie ein Gummiball auf und ab. »Wir haben ihn vernichtet! Wir haben gewonnen!«
Oliver begann lauthals zu lachen und umarmte ihn. Zusammen hüpften und tanzten sie durch die Trümmer der *Stadt des seidigen Silbers*. Ihr fröhliches Treiben hallte durch die verlassenen Gemäuer.
»Warte mal, warte«, lachte Oliver, »es gibt da noch etwas zu tun für mich.«
Er hob seinen rechten Arm, und ein weißes Licht schoss in die Staubwolke, die über der Stadt schwebte. Der weiße Staub begann zu glühen und erhellte die ganze Stadt. Das Licht war Hunderte von Meilen weit zu erkennen.

Obsidian

Die ersten Sonnenstrahlen lugten über den Horizont und warfen einen roten Schimmer über das kleine Zeltlager.
Oliver erwachte ausgeruht. Bartolomäus schlief noch. Leise stand Oliver auf und ging hinaus. Die Pferde erkannten ihn und wandten ihre Köpfe beruhigt wieder dem vom Tau benetzten Gras zu.
Der letzte Tag. Es waren nur noch zwanzig Meilen bis zum Schloss Obsidian, ein paar Stunden zu reiten. Er lächelte und entfachte ein Feuer vor seinem Zelt. Mit einem kleinen Topf in der Hand lief er zum Ufer des kleinen Flusses.
Der letzte Tag. Es war so vieles passiert, seitdem sie in der *Stadt des seidigen Silbers* waren. Die Reise in die *Stadt des puren Platins*, umringt von Tausenden von Gardisten. Der Aufenthalt in der Hauptstadt und das Wiedersehen mit Quovadis und Aurora.
Er schöpfte etwas Wasser und lief unter den Bäumen hindurch zurück zum Lagerfeuer.
Der König hatte sie empfangen und sie hatten eine dankbare Runde der Zwölf besucht, wieder über Unendlich-oft-hintereinander-links-abbiegen.
Sie hätten noch eine Weile in der *Stadt des puren Platins* bleiben können, doch Oliver hatte eine innere Unruhe verspürt, das unbestimmte Gefühl, dass die Reise noch nicht zu Ende war. Und er wollte sich mit seinem Vater über all das, was passiert war, unterhalten. Also hatten sich Bartolomäus und er an ei-

nem frühen Morgen von Quovadis und Aurora verabschiedet, bevor die *Stadt des puren Platins* erwachen würde.

Am Flussufer wurden ihnen als Überraschung ihre eigenen Pferde übergeben, gesattelt und bepackt.

Mit dem Versprechen, dass der Zauberer und das Mädchen sie bald auf Schloss Obsidian besuchen würden, hatten sich Oliver und Bartolomäus auf die letzte Etappe ihrer Reise begeben.

Oliver kochte etwas Wasser für einen Tee und bereitete ihr Frühstück zu.

Es war eine merkwürdige Erfahrung gewesen, die Brücke am Waldfluss zu überqueren, der Ort, an dem der Alptraum seinen Anfang genommen hatte. Aber diese Stelle schien einfach nur ein gewöhnlicher Ort zu sein, so wie jeder andere. Eine Brücke über einen Fluss. Das Wasser strömte gleichgültig unter seinen Füßen hindurch. Was einmal war, ist vorbei, schien es sagen zu wollen.

Er hörte Geraschel im Zelt. Bartolomäus war aufgewacht. Oliver setzte sich und nahm einen Schluck von seinem Tee.

Im Schritt legten sie die letzten Meilen zurück. Die Sonne schien, es war ein herrlicher Tag. Bartolomäus ritt entspannt neben ihm her, die Zügel in der einen Hand haltend, ein vollendeter Reiter.

»Und, Oliver, weißt du schon, was du tun wirst?«, fragte Bartolomäus.

»Was meinst du?«

»Mit deiner Zauberkraft. Wirst du sie geheim halten?«

»Wie denkst du darüber?«

»Es wissen nur wenige darüber Bescheid, Oliver. Und abgesehen von deinem Vater wohnen die alle weit von der *Stadt der mächtigen Mauern* entfernt.« Bartolomäus lachte. »Ich würde sie geheim halten.«

Oliver grinste. »Die Herberge *Himmel und Erde?* Zaubertricks?«

Bartolomäus schwieg, aber er zog bedeutungsvoll die Augenbrauen hoch.

Auf dem letzten Stück des Weges ritten sie schweigsam nebeneinander her. Sie schauten sich hin und wieder lächelnd an. Worte waren überflüssig. Dies war ihr großer Augenblick.

Die Türme von Schloss Obsidian tauchten über den Baumwipfeln auf. Die Pferde rochen ihren heimischen Stall und gingen von selbst in einen leichten Trab über. Sie kannten den Weg und bogen in die Auffahrt ein. Im Schloss öffnete sich die Eingangstür und die unverkennbare Statur des Barons kam zum Vorschein. Den Blick hatte er fest auf die beiden Reiter gerichtet.

Mit einem Lächeln im Gesicht hob Oliver seine Hand. Sein Vater winkte zurück. Der Dreizehnte Zauberer war wieder zu Hause.

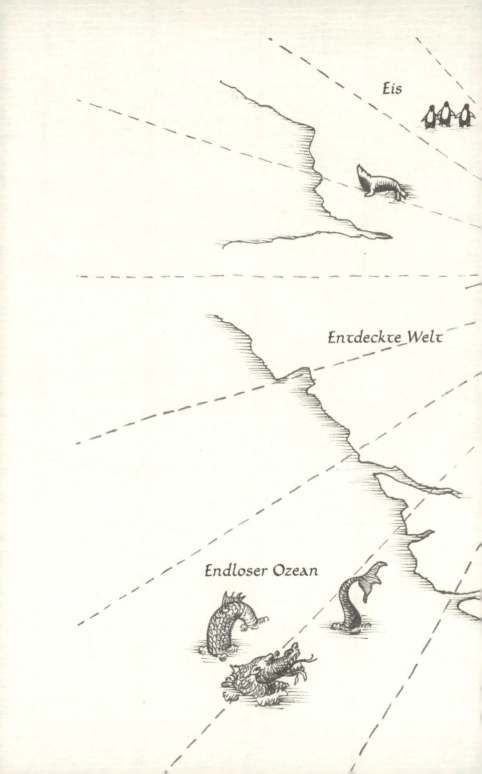